# 異人異行

西西 著

何福仁 編

# 目錄

# 異人異行

在友人家中，順手翻到一本古書，讀到這麼一個故事，作者是宋朝的吳淑，小書叫《江淮異人錄・李勝》：

書生李勝，嘗遊洪州西山中，與處士盧齊及同人五六輩，雪夜共飲。

——晚來天欲雪，能飲一杯無？白居易這樣問。我不飲酒，我倒有些喜歡飲酒的朋友。他們會答：能，當然最好。貓咪妹妹在我的膝上，也低聲：喵。

記得許多年前旅行東北（哪一年？要查查），那時內地剛剛開放，我們素友八九人在寒夜裏出外夜宵，寒冷，乾燥，我把所有衣服都穿上了。才八九點吧，商店都已閉門休息，走了一段路，居然發現還有一所小酒館，正準備打烊，見我們遠地而來，難得是港客，願意招呼我們。結果阿蔡、偉仔、昌仔、阿忍，把小酒館的酒喝光了，離開時，這些大男生，一路唱歌，東歪西倒，他們是非常愉快的。我們另外幾個不喝酒的，同樣非常愉快。夜深了，路上空曠寂靜，杳沒其他人，樹木都光禿禿。

但酒還是不宜多喝。阿忍的母親，很有趣，很有個性，個子矮小，精靈，她年輕時在天主教的洋書院讀書，跟洋妞說英文，學會洋妞的玩藝：抽煙，喝酒。她容許阿忍喝酒，不過對他說，酒，只能喝一杯。她的兒子一直遵守，能飲一杯。每次一杯，不過一杯之後復一杯。

再讀下去：

座中一人偶言曰：「雪勢若此，固不可出門也。」

勝曰：「欲何所詣？吾能往。」

人因曰：「吾有書籍在星子，君能為我取之乎？」

——千多年前，李勝在西山和朋友一起飲酒，風花雪月。談着談着，其中一個，偶然說這樣大的雪，當然不能出門去呵。李勝問他究竟想去甚麼地方呢，還不知地方在哪裏，就說自己可以去。

原來這個人惦記着在星子的書本。雪夜讀書，太有意思了。李勝的朋友盧齊是處士，他這個人大概也是，但處士讀書，可能是為了功名。

這位朋友自己不能去，卻問李勝，可否為他去取。

這是對朋友的考驗嗎？抑或，你既然說可以去，說說罷了，並不認真。

這裏面有不少地方空白，而不是留白。

許多年前，對了，是一九八七年，我和阿忍、阿堂在北京探訪朋友，都是讀書人，帶給他們一些書。早一晚我們還在北京飯店聚餐哩。其中一位坐着輪椅，由比較年輕而後來大大有名的一位負責推動。那時的北京飯店，可能是門面最好的飯店了。朋友也都是很不錯的朋友，一位回族作家，曾帶我們到他生活的圈子見識，請我們到清真寺吃飯，還細心地，另外給我們帶來了筷子，又先把碗碟沖洗了一下。

清晨，北京另一位蒙族的朋友來電飯店告訴我們：下雪了，快出外看。朋友知道，我們來自從不下雪的地方。我們馬上出門，沿着王府井大街蹓躂，本來可以去永和豆漿吃早餐，但還沒有開門。

雪花漫天翻飄，美極了。阿忍之前從未見過下雪，阿堂從英國讀書回來，見過，我也見過，但沒有見過更美麗的雪花了。

我立即讀到李勝的回答：

勝曰：「可。」

乃出門去。飲未散，攜書而至。星子距西山，凡三百餘里也。

——李勝說可以，真的可以。

我們會說患難之交。但李勝這位朋友真有難嗎？我不能不想到，雪勢真的那麼大，難得朋友共聚，要是遇上危險，又怎樣過意得去？

他怎會知道李勝有異能呢？他跟李勝大抵並非深交吧。

他要的又是甚麼書？重要嗎？讀書，不是要講恰當的時間、恰當的環境嗎？書也有不讀的時候哩。

喜歡書的人太多太多了，但有些人只是收在書房，成為他們的文化背景，讓朋友參觀，不一定讀。在人生的旅途中，我們總會遇到奇怪的人，就像讀一本寫異人異行的書，讀着讀着，逐漸就會覺得沒趣，因為見怪多了，不再怪。這樣想，我自己是多麼幸運的呢，沒有朋友要我做難做的事，我也不會要求朋友做難做的事。我也不藏書，當然因為居住的地方狹小，書架上的書，只是備用，用過就算，最好有朋友要，去它有用的地方。我並不當住人的地方是藏書館，我可不是藏書館的館長。書架，對我最大的用處，其實是用作間隔，把房子分成客廳和睡房。

洪州星子在哪裏？據作者說，星子距西山，三百多里。朋友稍查一下，原來是在江西省南昌附近，一個小縣城，背靠廬山。記得我和阿偉、紀堂、阿忍，有一年冬天去南昌旅行，看過了八大山人的故居青雲譜。一個大清晨，才五時左右，阿偉在酒店拍大家的門，嚷着起來，上廬山去看日出。他向酒店詢問有車否，但侍應不住搖頭，說這個時候，是不宜上山的，昨晚還下過大雪。還是阿偉吧，居然在酒店外找得一個年輕司機，這年輕人的車一直停泊在酒店外，等待早客；他看來就睡在車內。天寒地凍，也是夠刻苦的。阿偉大概給他一根煙，兩個人就攀談起來。那年代，遞出一根煙，或者向人借火，話匣子就馬上打開。知道阿偉想上廬山，他自動請纓，願意帶我們去。

只需多給一些小費吧，老闆。

明白的。

喵。我撫撫妹妹的頸喉，牠閉上眼睛，呼嚕呼嚕。

於是我們一行人上山去了。山路有點顛簸，沿途漆黑一片，並沒景色可看。我則懵懵懂懂，仍在尋找那迷了途的睡鄉。後來想，我年紀較大，有一點想法，覺得這有點危險，犯不着，應該提出來，但又不想做朋友之間掃興的人。事實上，的確危險，而且是非常危險，因為上山時車輪並沒有加上避免冰滑的鐵鏈。沿路完全沒有行人。到了山上，年輕司機一直等我們，大概把阿偉給他的駱駝都抽空了。提議等日出的老闆，當然也是明白人，明白的。

下山時，他才告訴我們一個比看不到日出更壞的情況：這車的煞車掣早壞掉了。我們嚇個半死。他也凝神貫注，看來相當緊張，車一路衝下山去，只怕轉彎時，忽然有甚麼迎面閃出。我們瑟縮在車裏，還不是因為天氣的緣故。空氣凝結了，誰也不敢說話。終於平安到了山下，還要找到個石墩，車才乖乖停靠下來。

我們在山上看日出，橫看側看，高看低看，倒有一樣是相同的：甚麼也沒有看到。慢慢地，天清亮了，日頭其實早已出來，可一直躲起來訕笑，竟有那麼四個傻瓜，一個大膽車手。

阿忍說下次再來吧，但又補充，也不一定，何必見戴。

至於西山呢？不過是城市的西面罷了。中國八九個地方都有，北京、蘇州、廣州，等等。大概較接近星子的是廣東的西山吧。李勝那麼一位朋友既然明知要去的地方那麼遠，還好意思讓人去取，看來問題不在朋友，也不在李勝，而是作者，他想説這個李勝是那麼一個異人。李勝這位要取書的朋友的用處，就是要讓異人表現異能。所以，也不用交代他怎麼可以在短瞬間來回，讓我補白吧，他坐了飛氈。

我也快快把故事讀完：

遊帷觀中有道士，嘗不禮於勝。勝曰：「吾不能殺之，聊使其懼。」一日道士閉户寢於室，勝令童子叩户，取李處士匕首。道士起，見所臥枕前插一匕首，勁勢猶動。自是改心禮勝。

——誰沒遇過沒有禮貌的人呢？一生沒有遇過，倒是錯過了，除非你是帝王。但是，許多人的禮敬，可能只是禮敬你的權勢，禮數愈恭愈可疑。

這篇文章是要突出書生李勝這異人的異能，其他的可不管了。本來，道士失禮，是修養的問題。但修道之人，為甚麼不禮敬李勝，李勝又何以那麼在意，要求禮敬？他原來是個帶了童子、帶了匕首遊歷的人；像他這麼一個有異能的人，還怕不能保護自己麼？他可以動不動殺人麼？道士是怠慢所有人，抑或只怠慢李勝一個？怎麼怠慢法？我總在追問細節。

出動刀子，使人懼怕，跟帝王有甚麼分別呢？很難說這是俠義行為。

誰沒遇過一些沒有禮貌的人？我再想，道士看見匕首，就意會是李勝的嚴重警告，因此改變態度，對李勝禮敬。是否真的明瞭禮節之必要，而誠心信服？作者是要教訓我們待人要有禮麼？但用的方法是恫嚇。

更早一年，我曾隨老師團到內地，老師來自不同的學校，那時候內地物資缺乏，對外來物事談不上認識。一位同團的年輕老師患上感冒，午飯時，在酒店裏向服務員要一杯檸檬可樂，由於他梭巡了一陣，發現這酒店的冰箱居然有瓶裝可樂，大概以為檸檬煲可樂，能夠驅傷風。他還把發現可樂告訴同桌的大家。服務員找來一個檸檬，另外一瓶可樂。年輕老師開始不爽。見自己集中了所有人的眼光，邊教邊罵，如何溫熱可樂，再加入檸檬。服務員仍然莫名其妙。甚麼都不懂！他用廣府話大罵：死蠢！在以後的行程，大家對他都另眼相看。

我想，李勝大概年紀不大，有點家世，有點氣盛，又天生異能，不問緣由，就跑到老遠的地方去替人取物，是否炫技？別人待慢了，又是否太自尊？

我當然不信真有這麼一個異人。異行，又有甚麼了不起？

你以為呢？我問貓妹妹。

二〇一八年八月，《印刻文學生活誌》。

# 森林故事

近年來，森林大酒店的營業額不斷上升，今年聖誕假期還沒開始宣傳，已一早客滿，同業非常羨慕。於是，鄰近的國家都派了記者前來採訪，訂到客房的記者更加雀躍，因為採訪是「公幹旅遊」，用的是公費，只需把自己當做遊客，盡情玩樂，然後寫幾篇見聞，拍一疊照片，或者錄像就行。因此，記者們一到酒店，行李一扔，就到處遊玩，喝咖啡，逛書店，找朋友，品嚐美酒佳餚，融入遊客的角色，幾乎忘了自己工作的初衷（這所以，後來出差回來，幾個年輕記者仍然陶醉在旅行的氛圍裏，令老總為之氣結）。幸好，酒店內外實在熱鬧，資料從四面八方傳來，細心聆聽，張開眼睛，立即可以交卷。

例如，在酒店大堂扮演聖誕老人派禮物的肥貓叔叔，和野豬先生碰面就交談起來。一個說，啊，今年又見面，還是到我們這裏來度假啊。一個說，是呀，這是我的工作，仍是這裏最安全呀；你家三個小淘氣，一聽到門鈴響就立即開門，歡天喜地，其實多危險哪。全世界都知道有豺狼捕捉小貓小豬的故事，可不是新聞啊。

——是的，我們當然告訴他們這些故事，保護自己是必須的，不過還是情願相信動物與動物之間的善意；我們這些成年，不好教下一代互相猜疑，那會惡性循環，感染了大家可就糟了。你知道，缺乏信任，會是怎樣的社會。

——我到過許多地方，有些，號稱不同膚色的動物不再隔離、不再分化，彼此和平共處，但事實呢，可你們這裏非常非常安全。

——我們的森林區，豺狼是有的，可沒有作惡，因為一作惡，就會送進醫院，天天接受「發條梨」治療，出院後，見到小貓就嘔吐，而且再也不會哄騙大貓小貓，因為一說謊，不止鼻子伸得長又長，更會發瘋地自打嘴巴。

——看來你們的警察能夠遏止暴力，有甚麼本領？催淚彈、水箭炮？

——沒有沒有，你以為這些東西有用麼？空軍我們有蜜蜂，海軍有水母，陸軍呢有火蟻。但說說笑罷了，我們運用教育。良好的教育，由眼光遠大、精明的教育家負責策劃；愚笨是沒有罪的，但怎能教好其他？教育是耐心的工作，慢慢教養，慢慢培育，從一棵樹木到一個樹林，不會朝令夕改，不會當學生是白老鼠，因為這是對白老鼠的侮辱。

——你們也教學生學習森林歷史麼？

——當然，從非洲大裂谷講起，但絕不會因應天氣的變化而加加減減。教育不是政客的工具。你知道，政治家和政客是不同的。教育應該有政治家遠大的眼光，遠大的理想。至於學習，是既愉快，又辛苦的，有時有趣，有時枯悶，你不能只挑愉快的部分，或者認為只有愉快、有用的才需要學習。在森林裏，你永遠不知道哪些知識才真正有用。只學眼前有用的知識，動物界就不會產生愛因斯坦、列奧納多。對不對？

——那你們的年輕公民一定都品德良好，都守規矩？

——怎麼可能？每個森林總有森林的問題，尤其是年輕動物的問題，年輕動物要是沒有問題，才是最大的問題。但他們的問題，其實是我們的問題，他們不是我們教出來的麼？我們會反省，會改錯。

——對，但他們會受外來的壞影響？

——我們可不會那麼看不起自己。如果內部沒有問題，還怕甚麼外來？我們處理年輕人的問題，用的是疏導的辦法，讓他們發表意見，聽他們的需要，讓他們參與建設，而不是虛情假意地爭取，實則加以堵塞、壓抑，甚至把他們驅逐，令他們變成野外的兇禽猛獸。

——人類社會不是說森林哲學就是弱肉強食麼？

——是人類把自己當成怪獸了。在森林裏有競爭才有進步，但我們會公平地處理，會衡量不同的能力，不會讓羊跟牛比力氣，馬又跟長臂猿比賽攀樹，動物一定各有長短。而且競爭時，許多地方都不用申報利益，我們可嚴格地執行。

——肥貓叔叔，聖誕快樂。你們還需要聖誕嗎？

——需要的，我們還需要童話，需要想像，需要禮物，需要快樂，任何時候。

二〇一六年十二月二十五日，《明報周刊》。

# 角色

朋友是位攝影師，不久要開一個攝影展覽會，同時出版一本厚厚的漂亮的攝影集。這次的主題，可不是到遙遠的天山去拍冰川、雪蓮、火焰山、坎兒井，而是拍攝一些朋友。我是他的朋友。那時候，大家都朝大會堂的第一影室跑，一個星期總要看它十場八場安東尼奧尼、杜魯福、黑澤明。大會堂的劇院，起碼有半數以上相識的朋友，全是活活潑潑的年輕人。一晃眼，許多年過去了。

朋友撥電話來，找我去給他拍照，我推掉了。拍甚麼照呀，我又不是一朵天山雪蓮。朋友就是這樣的，老愛把你拖出去開玩笑。朋友在電話裏說：一個鏡頭就夠了，又不是花很多時間，你可以上我家來，不消一個鐘頭，準把你送回家。老實說，我的攝影是不錯的，幫幫朋友，和朋友開心一下也不行麼。朋友就是這樣的，總有一千個叫你答應的理由。

理由對我起不了任何作用，因為那是原則的問題，不過，後來我改變了主意。這一陣子，空閒的日子，我常常帶了一個傻瓜照相機到街上去散步，到處看風景，喜歡甚麼景物就攝下來，科學館呀，太空館呀，文化中心呀，雀仔街呀，女人街呀，水果舖呀，火車站呀，起卸貨物的碼頭呀。膠卷拍了不少，成績不太好。因為拍來拍去，拍不到我想拍的東西，比如說，女人街吧，想拍那一排排懸掛的衣衫和許許多多密集的攤檔，結果是照片裏只有一大堆行人的大半個身子。在雀仔街上，明明從鏡頭裏清清楚楚看見一隻哇哇叫的鸚鵡，可拍出來竟是一列透明的塑膠袋，裏面裝滿了草蜢。攝影文化中心、太空館就更糟了，圓圓的太空館，只拍得一個招牌，文化中心有一種展翅的神態，拍出來竟是一幅磚頭的牆壁。

我的攝影術實在太糟了，要拍一個人，照片中不見頭；想拍一間二樓的書店，照片裏卻是永和大押的蝙蝠。一定是技巧太差了，對攝影完全是外行。甚麼光圈、距離速度，全部不懂，心裏可還想着甚麼甚麼的構圖，自己想想也覺得好笑。我的攝影術差勁和我改變了主意的事完全無關，也沒有想請教攝影師教我幾招的念頭。

一切的技巧都是許多年月累積經驗和研究的成果，朋友家裏難道有攝影秘笈。後來我才知道，這其實是眼睛的問題。

朋友撥電話來的時候，我的嘴裏正插着一支體溫計，誰知道是天氣太熱還是別的，我摸摸額頭覺得有些燙手，於是找出溫度計來量一量，兩分半鐘，電話響起來了，我慢吞吞地按時間，拿起聽筒，聽見喂喂聲音。三分鐘一到，我從嘴裏取出溫度計，一面聽電話，一面看。看不見度數，嗯，沒有換眼鏡，只好把溫度計放下，脫下眼鏡，一看，九十九度四。發燒哩。不知道身體裏的哪一個部門又在鬧革命。

第一次撥電話來的朋友，其實不是我的攝影師朋友，而是愛貓的朋友。這幾日，我正在報紙上讀到她的專欄文章，寫的是一系列關於電影的事，使我很感動。比如她說布列遜的《驢子》，最後，那驢子中了槍，一聲不響，走向羊群中倒下。她說看到這裏，真想大哭一場，可因為身在電影劇場，忍住了。她一直想將來租一卷錄影帶，在家裏看，然後痛痛快快哭一頓。唉，在這世界上，除了家裏和殯儀館，我們竟沒有可以大哭一場的地方。

朋友的文章使我記憶起往日許多看電影的日子，許多年來，她仍是保持了一貫的純真，是個願意為朋友赴湯蹈火的人，是這個城中最後一個僅存的好人。每次遇見她，我總是十分慚愧。她在電話中提到攝影朋友找我們讓他拍照的事，數十年如一日願為朋友兩肋插刀，我卻一意堅持自己對被人拍照絕無興趣。匆忙中我忘了問候她家的貓的安好，因為我們同病相憐，都生了腫瘤。

攝影師朋友要通過我這位朋友的轉介，他明顯知道她和我更熟悉，對我更有說服力。當他自己撥電話來的時候，我的嘴巴中又插了溫度計，因為我懷疑另外一支也許水銀壞了。我一面聽電話一面看溫度計上的度數，咦，水銀剛剛升到箭嘴的地方，只要身體健康，體內沒有細胞造反，我就感到非常的快樂。也許是這樣，我改變了本來的主意，放下電話聽筒之後，忽然吃了一驚，在幾分鐘之內，怎麼會完全從甲的方向轉向了乙？人的思想、感情，連自己也不容易預測的。我們常常說甚麼知己知彼、互相了解，太難了，人真是太複雜了。

誰能夠真正和自己的心靈接觸，讀過一篇小說，其中一段寫得極好，一個在郵局裏當學徒的小伙子，因為送一份電報到一所古老房子去，竟愛上了那家坐在扁桃樹下讀詩的姑娘。儘管遭遇許多挫折，兩個終於成為戀人，依靠的是不斷的通信，甚至用電報。世上沒有甚麼可以把他們分開了。一直受隔絕的戀人又可以相見了。他徹夜在她的房子外轉來轉去，不眠不休。第二天早上，終於看見她了，她和女僕上市場去，他尾隨着，神魂飄蕩地盯着這仙子，然後走上去，在她背後，輕輕說話。她回過頭來，在剎那間，萬分驚訝，紙上綿綿的情話忽爾成為立體的一個人。他試圖跟她一起走，但她把手一揮，把他從自己的生活裏抹走了。

我上攝影師朋友家去，他撐着兩根拐杖，一隻腳打了大石膏走出來。我說：噯呀，甚麼事呀。原來他摔了一跤，這麼一來，攝影展的進度要受點影響了。朋友還是老樣子，因為我在雜誌上和電視上不時見到他，真人非常活潑，好像歲月一直凝定停留。他一見我就說：絕不拖延你的時間。他這麼說，絕不是因為我忙，而是照顧我的體質。從表面上看，我倒是精神奕奕的，可這狀態支持不了多久，最多三數小時，彷彿廣告裏的燈泡，沒有電就緩緩暗下來。那時我頭重腳輕、氣喘冒汗，可以把人嚇死。

他於是忙起來，叫助手和菲傭搬空一個書房間的桌子、椅子、畫卷、書本，一面對我說：你看看東西吧。攝影師朋友的家充滿藝術氣氛，完全像一間海運大廈裏開設的專賣民間藝術和精緻擺設的店舖，有看不完的有趣的東西，中國的青瓷花瓶、意大利的彩繪陶罐、漢代的泥屋豬圈，當然，都是仿真。沙發一張藍、一張明黃，都是直條子布縫的椅套，點彩藍花，印度風平鑲鏡織品的椅枕，已配襯得一室明亮開朗，和主人的性格完全吻合。

一張靠背椅上鋪着一幅漂亮的獸皮，竟是雪豹。皮毛這麼白，它是在冬天被人們捕獲的吧。這喜馬拉雅高原上的動物，夏天生活在兩萬尺高的山上，並不容易看到；到了冬天，為了覓食，不得不到平原來找鹿和熊，身上的保護色也由淡淡的黃轉為冰雪的白，然而保護色保護不了牠，那麼美麗的顏色和巨大的斑圈，引起更多人的追殺。雪豹比所有的豹美麗，從不吼叫，牠的尾巴最長最粗厚，使牠能夠飛騰上樹，越過山崖，而不像別的豹，只會爬樹。雪豹的足蹼上長滿毛，使它在烈日的石塊上行走不致被炙傷，冬天可在冰雪上奔跑，四腳不會沒入雪中。

鋪在椅背上的雪豹已經沒有腳爪，美麗得令人驚訝的尾巴垂下來，繞着椅腳，在地氈上彎了一個巨大的弧形。沉默的生命，如今牠的靈魂在哪裏遊蕩？真奇怪，落地長窗上掛的布簾，一片天藍，鑲着明黃的滚邊，糊貼的手工，給人一種祭帳的感覺，清麗之中隱隱藏着哀愁。但這感覺很淡，因為室內充滿繽紛的色彩，以及令人心曠神怡的擺設，許多的小鏡框裏是笑靨醉人的紅男綠女。

牆上掛着古典的明鏡，草莽的橫幅，水墨的丹青，既有人也有山水。那幅寫着張僧繇甚麼的山水畫，看着看着，就使人想走進畫裏去了，畫中人在野外，在林木溪澗瀑布之間，斜臥在一塊大石上，這石頭，看似山石又像凳子，怎麼不叫人想起陶淵明呢。攝影師朋友家中有許多凳子：三人座位沙發、單人沙發；有白雪石面的矮几桌，又有同一配對的矮凳；有紅木的椅子，又有普通的木椅，我在室內走來走去，總是想去坐坐畫裏面那石頭的椅子。

朋友說：行了，來拍照吧。原來他着實花費了心機，佈置了一室，空白的牆壁，一張寫字桌，一把椅子，桌上放了一個高個子玻璃瓶，內插一小束粉米白乾花，乾花叢中伸出兩個褐色的蓮蓬。這和桌椅牆壁的顏色配合得異常調和，單色系，低調子。室內沒架起任何照射燈和反光板。採用自然光，朋友早說過。真是一堂漂亮的佈景，可不知為甚麼要佈景，為甚麼不就說我隨意站站或坐坐呢？啊，我大概忘記攝影師朋友是藝術家了，今天他是導演。

我們那時候看電影，都擁護作者論，一部電影，別的不管，只看導演。你是麥士．馮．雪度？那得看是不是英瑪．褒曼當導演；你是三船敏郎？且看看是否黑澤明當導演。看看那些《第七封印》、《赤鬍子》，演員都是導演手中的棋子。對了，今天我上朋友家來，朋友是導演，我是演員；他是作者，我成為了作品。

差點把一件重要的道具忘了描述，那是一疊厚厚的原稿紙，大概十頁八頁。原稿紙上擱上一支名牌鋼筆。這兩件道具是很重要的，因為沒有了，可能就不配合身份。為甚麼？主要的原因，我是個寫點兒小說呀甚麼的人，他的攝影冊裏當然有各式各樣的人物，可能就欠像我這麼的一兩個。既然替這麼的人拍照，當然要有原稿紙、有筆，有桌子和椅子。

朋友叫我坐在這明式椅子上，他站到牆邊，提着三腳架，架上裝上了照相機。他的助手伸手在我耳邊測光，這，豈不是在舞台上演戲哩。糟透了，我是個沒有演技的人，不像馬龍·白蘭度、保羅·紐曼，他們可是方法演員的出身，扮皇帝像皇帝，扮乞丐像乞丐。我卻是不會。或者說，又沒叫你扮，你既是寫點小說的人，那麼桌子椅子、鋼筆原稿紙，不正是你日常用慣的道具？話是不錯，我每天當然用原稿紙、原子筆，坐椅子、用桌子，可不是這樣子，目前的景況，我是要扮一個生活異常富裕，環境非常優美，浪漫得緊，這麼的一個角色：作家。

朋友一面調校他的照相機，一面對我說，我們可有二十多年沒見了吧？他真是一個專業的攝影師，永遠不會令你感到冷場，他會和你閒聊，說些輕鬆的話，使你別緊張。只是手握照相機的手，在按快門的時候，就會喊一句：準備。大家說：衣……。攝影師就有這種能耐。二十多年沒見了，的確不是一段短的日子。那時候的電影，婆婆媽媽地文藝腔，沒有出色的電影語言，如今市面上的，技巧令人歎為觀止了，只沒有深刻的內容。

相隔許多年，朋友一直在當攝影師吧，我對他的生活一無所知，同樣的，彼此彼此。既然不知道，當他想要替我拍照，他沒時間了解你，可能也沒有興趣，覺得沒有需要，那只能依他心目中的文本。或者，也是一般人認為寫作的人就是這個樣子。今天，當我想像拜倫、雪萊、濟慈，或者珍．奧斯汀，維珍妮亞．吳爾芙，他們寫作的時候是怎樣的？當有了一間自己的房間，一張寬闊典雅的書桌，一把舒適靠背有扶手有絲絨墊子的椅子，潔白整齊甚至帶香味的稿紙，鵝毛的羽筆，水晶球的鎮紙……？西方寫作的人，穿着劍俠唐璜那樣的絲襯衫，袖口領口都是蕾絲的花邊和綢帶。當他或她抬起頭來思考，會照顧到左邊或者右邊的臉比較好看。眼睛較小的，鏡頭就需從下而上。華語的呢，那就是另外的一套。

事物漸漸產生了固定的形象，從文藝復興以來，坐在書桌前悠閒寫作的無數圖畫累積在我們的腦中。比如說，狄更斯，他的書桌可漂亮了，整整有九個抽屜，桌面上還有疊架，上面又有小抽屜。這麼的一張書桌放在寬大的房間的中央，地上是花紋的地毯，書桌底下另外鋪毛茸茸的小地毯，牆上有伸縮玻璃框的大窗子，貼牆是頂天立地的大書架。還有那個巴爾扎克，他的書桌是精雕細琢的紅木，配上那張波斯地毯圖案花的絲絨套料椅子，真是收藏家夢寐以求的古董。寫作人的生活可不令人羨慕？

一般的圖片只供給我們漂亮的書房的樣子。而這和我所知所見的並不一樣，我也有些寫點兒小說的朋友，他們有的有書桌，有的沒有。許多時候，我的朋友在食堂裏寫東西，甚至在渡輪上、在電車上。我常常想知道塞萬提斯在獄中寫作的情形，但找不到圖片。我腦子有時會浮起一些沒有書桌，甚至沒有桌子而照樣寫作的形象，好像鍾理和。如果把鍾理和擺在明式家具的環境中，的確是在開作者的玩笑了。在汨羅江邊徘徊的屈原呢？司馬遷呢？更別提曹雪芹了。

擁有一間舒適漂亮的書房，是寫作人的理想吧。可我有一位朋友，買了一張大書桌，營造了一間書房，竟甚麼東西也沒寫出來，或許是環境還不夠理想的緣故。有一間書房當然是好的，關上門，沒有人來打擾，電視機的喧鬧、人聲的吱喳，都隔絕在外面。有一張寬大有許多抽屜的書桌豈不方便？只有你和你創造的世界？誰知道，創造就要連結生活。現實的情況是，當我要寫點甚麼了，我就得端兩張木板靠背椅子、兩張小矮凳，靠背椅上一張放稿紙，另一張放塑膠的封套，好把寫完的稿放進去；兩張小矮凳的一張，由我坐着，另外一張，上面放了插筆的杯子，和一杯白開水。雜物甚多，有時還得在椅子放一兩本書或者字典，當然少不了一副老花眼鏡。甚麼釘書機、萬字夾這些，得另外去找。如果有一張好的書桌，就不會如此這般麻煩。我是在抱怨麼？不是的；羨慕麼？完全不相干。

咔嚓。

朋友的照相機響起來啦，先來兩張保麗萊試試，保麗萊的聲音是清脆的，和我那兩個傻瓜機差不多。然後，就是正式的照相機上場，聲音也是嘹亮的，決絕，莊嚴，咔嚓咔嚓。照相機給我的感覺活像斷頭台，斬斬斬，一下一下把你活活斬殺。有人說那種聲音像音樂，只能是貝多芬的《命運交響樂》。我比較喜歡我那兩個傻瓜機發出的聲音，嗒一聲，然後是一連串的水滴的聲音，德布西吧。

見到照相機，聽見那種道貌岸然的照相機的聲音，我就想起我的兄長，他是愛攝影愛到發燒的那種人。他常常說，他有三個老婆，都是不能借出的，第一個當然是我的大嫂，其他的兩個，一是他的唱片，二是他的照相機，其中最受寵愛的，看來還是後者。偶然上他家玩，就見他把一堆照相機放在床上，用專門布和掃子吸塵呀、揩抹呀，比母親照顧嬰兒還用心，如今科學昌明，不知道他有沒有買一個玻璃暖箱，把他的小三藏好。

兄長喜歡拍照，可我們一家人從來不找他拍照，他也從不說要替我們拍，因為我們都知道，他想拍的照和我們想拍的照是完全不同的。比如那次他和我一起上江南旅行，重訪一次我們童年時生活過的地方，整整一個月，我們經過富春江，漫步過蘇堤，探訪了姑母的舊居大夫第，沿途上，他從沒替我拍過一張照，我也不用他拍，只替他揹着重得很的一隻攝影器具的箱子，裏面裝滿長鏡頭、短鏡頭、過濾鏡頭。我只是個書僮哩，當我的兄長說：給我那個鏡頭。我立刻就替他拿出來。

江南之旅，我的兄長着實拍了不少照片，都是可以進展覽館的東西，荷葉上的一滴水珠啦，小鎮河邊籠罩烏篷船的薄霧啦，等等，早上我還在賓館睡覺，他早已躲在半里外的竹林中等晨曦。旅行回來，我們都感到愉快，他拍了不少，歡喜得很，但也沒有向大家展覽的意思。我的兄長很少和我一起去旅行，每一次，當然是和我的嫂子一起去，我的嫂子是個極愛被人拍照的人，也許是這樣，才嫁了給大哥。每次旅遊回來，大嫂說要把十本八本滿滿的照相簿拿給我們看，全是名勝風景前站着一個丁字腳、半側身、微笑漂亮的女人。

照這麼說，我可是個不喜歡照片的人了？剛好相反，我非常喜歡照片，有些照片，可以呆呆看半天。照片提供給我數不盡的珍貴資料和知識。比如說，我從來沒到過南美洲，沒到過古城山頂上的馬丘比丘，是怎樣的一座避難的城呢？石頭如何，建築規模，廢墟現貌怎樣？如果沒有照片，大家就一無所知了。又比如貝聿銘的後現代建築，在香港我當然能夠天天去看中國銀行，但我許久沒去巴黎，羅浮宮前的玻璃金字塔是怎樣的呢？幸虧有了照片，我看着照片就知道，原來真的都是玻璃，透明的哪，漂亮極了。

如果有人把圓明園的大水法用照片記錄下來多好呢，可現在只剩圖畫來，大水法一帶的西洋樓只剩下幾塊雲石，讓我們站在它們前面驚歎。遠溯一點，古代的阿房宮，每次讀到「蜀山兀，阿房出。覆壓三百餘里，隔離天日。驪山北構而西折，直走咸陽。二川溶溶，流入宮牆。五步一樓，十步一閣。……」就想，有照片看看就好了。如今我們到故宮去，也可以知道，廊腰縵迴、檐牙高啄的情形，但「復道行空」呢，既是行空，看來是在空中架木築成的走道，是明修棧道、暗渡陳倉的棧道麼？沒有照片，只能想像。

《國家地理雜誌》是我常常翻的書刊，因為裏面有許多好看的照片。像這一幅，神父在室內工作，既不是打掃，也不是祈禱，而是縫衣服，只見他聚精會神，戴着老花眼鏡，雙手按着縫針底下的亞麻布，用的是古老的腳踏的縫紉機。這種縫紉機我從來沒有見過，可能是另外的加工，所以，在木板的部分加寬了，變成一張極大的桌面，而軸輪的旁邊，竟有連着電線的燈泡。這張照片，我看了很久。另外幾幅我又看了老半天，卻是鄉村裏的人給一頭牛上鐵蹄。只見四根比人還高一點的巨粗石柱，豎立在草地上，柱上各鑲一枚粗鐵，吊下堅韌的皮帶。於是把牛趕進這石閘裏，讓頭露在兩根石柱中間，用橫木綁住牛頭一門，這牛頭就既不能進又不能退，於是用皮帶穿過牛腹綁扣好，牛尾那邊也用橫木門好，如此這般，才可以捉住一條牛腿給它上鐵蹄。好看的照片總來自生活，令人認識真實。

看照片的樂趣，其實是無窮無盡的，不止於帶來知識，就說我手邊這本書吧，封面上有作者的照片，這是法國人，名叫羅蘭·巴特。我沒有見過羅蘭·巴特，可是，我讀過一些他的作品，因此，照片裏的人似乎又不是完全陌生的了。比如說羅蘭·巴特雖然患過肺結核，卻愛抽煙，整日煙不離手，照片裏的他，用兩隻手指夾着一支雪茄，他的五隻手指和雪茄一般粗。他斜側了頭，好像剛說了些甚麼話。他說過的話可多了，剛才說的是甚麼呢，啊，我記起了他說過這麼幾句：有一天，我碰巧見到一張照片，裏面是拿破崙的最幼的弟弟耶里米，攝於一八五二年。我很驚異，因為我看見的是見過拿破崙的眼睛。第一座攝影機也是法國人發明的，那是一八三九年；過了兩年，英國人開始管理香港。

羅蘭．巴特把這經驗告訴別人，並沒得到回應，也不明白，於是他覺得，生命竟充滿這種小小的孤寂。當我看着羅蘭．巴特的照片，想起他的話來，奇怪，我看到的這雙眼睛，不正是見過耶里米的眼睛麼？而耶里米的眼睛是見過拿破崙的眼睛。如今，我的稿紙旁邊有一幀我的姑母的照片，這照片我已經看過無數次了，可現在，我再看看照片中的眼睛，它們竟帶我去旅行了哩，我的姑母的眼睛是見過我的姑父的眼睛，我的姑父的眼睛是見過他的姑母的眼睛，他的姑母的眼睛是見過清朝某位格格或阿哥的眼睛，某位阿哥或格格的眼睛是見過清朝一位皇帝的眼睛。我的姑父的姑母是被召入宮當乳娘的婦人。

羅蘭．巴特說，他喜歡照片，可不喜歡照相機，但你又不能把它們分開。他自稱為了不要看巴黎鐵塔那醜怪物，唯有走上這鐵塔。這的確是一個死結。我不是也常常陷入這牢籠中麼？我並不太喜歡牛仔褲，可我喜歡許多口袋，一條牛仔褲通常至少有四個口袋，但我並不能只買口袋不買牛仔褲；我並不太喜歡書桌，但我喜歡許多抽屜，我又不能只買抽屜不買桌面。

咔嚓，咔嚓。

咔嚓。

還在拍照呀，竟要拍那麼多照呀。有的攝影理論說，當你拍照，心目中早該有了一切的佈局，咔嚓的一聲，拍下來就行了；不過，一般的攝影家仍照慣例拍許多膠卷，一卷又一卷，才甄選最滿意的一幅。我想環保份子一定極力反對。最乾脆俐落的拍照法，應該要數領身份證的人民入境事務處，你去領身份證，他們給你拍照。你只需坐好，背景甚麼也沒有，只是白牆。沒有人認識你，沒有人理會你的職業。你是鋼琴家麼，休想抬一座鋼琴來做陪襯；你是革命家，別妄想插一面旗幟。攝影師絕不把自己的意識強加在對象的身上，不製造意義，不美化你，也沒有醜化你的意思，攝影師不當自己是藝術家。真是零度的攝影。身份證拍出來的照片，當事人或嫌拍得醜陋，可真實，沒有附加劑。

攝影的最原始目標原是為了傳真和報道，漸漸地講究起來，採光講究、構圖出眾、主題清晰、焦點準確、高質沖印，成為好照片的條件，當然也有攝影家反省，攝影其實要講「怎麼看」，就看你看的方法。攝影家很少在照片上簽名，像畫家那樣，是甚麼緣故呢？可以不斷複製，就失去原作的權威？還是因為攝影根本沒創造甚麼出來？

咔嚓，咔嚓。

攝影是否藝術，一直有不同的意見。反對的人說，只是魔術。照相機只是描像器，攝影師不過在耍光的魔術罷了，當然還可以拼貼甚麼。可我覺得，似乎能變的魔術畢竟不如寫小說。當我寫小說，我可以寫龍寫鳳寫麒麟寫美人魚，繪畫雕刻都能創造這些想像的動物，而沒有可見的物體，照相機就難為了。小說容許天馬行空，容許魔幻，評論家居然會說，是魔幻地寫實。我可以寫一種許多人認定是散文，而且不停喋喋地議論的小說，像《項狄傳》那樣，寫了大半部還沒有應題。這真是虛構的小說？評論家可以振振有辭，各展本領。你可以畫了蘋果，然後說：這不是蘋果。但你總不能拿着一幀照片跟人爭辯：這不是照片。

咔嚓，咔嚓。

我的朋友還在按快門哩。他是想傳達還是表達，是說明還是演出。攝影名家蘭治說得好：每一幅照片都是攝影師的自畫像。我們看照片，看見的其實不是照片中的人物或景物，而是拍攝這照片的人的眼睛。從這眼睛，看出他的意圖，是如真的紀錄，抑是劇情的造作。昨天晚上，我翻開一本叫做《古典鐳射唱片》的雜誌，這雜誌很特別，每期附一張唱片，介紹十段音樂，雜誌內有文章分析作品的結構和意義，對我這種不懂音樂的人頗有幫助。我翻開雜誌，被一張唱片的封面吸引住，不過是穆索斯基的《圖畫展覽會》，到處可找到的錄音。但一般的唱片封套不外是一幅一幅的畫，人們在展覽會中看圖畫。這個封套的設計只是一個鏡框，內裏是一隻放大了的攝影的眼睛。那是回應了蘭治的看法：從作品看到作者的心靈。

我的朋友，既非拍攝護照式照片的人，可以開攝影展，他的照片必定有話要說，那些攝影要說的是甚麼話？不同的攝影家用不同的方式說話，有的嚴肅，有的浪漫，有的精細，有的隨意，有的苦苦經營，有的即興。有的呈現知識的語言，有的傳播價值的語言，好照片的說話，往往都在照片之外。不好的呢？批評不外是：光線不佳，焦點不準，構圖不妥，這些都沒有問題，那就是好照片了。

誰去注意照片的聲音？要是說得曖昧、模糊，不必介意；不過倘若那是刻意的誤導呢？過去我們一直都相信照片是傳真，世上的物事，真假是分明的。而假到鬼斧神工的地步，你還承認它是傑作嗎？

咔嚓，咔嚓。

斷頭台，斷頭台，斬斬斬，拿破崙的眼睛看見過斷頭台。照相機是一件武器，它能夠把你殺死，有時殺死你的軀體，多數的時候殺死你的靈魂。最近那套《黃飛鴻》，照相機，蓬的一聲爆炸起來，把前面一個鳥籠和籠中的鳥燒成了焦炭，唉，形神俱滅。原始的土著不肯給外來人拍照，以為拍照真的會把你的靈魂攝走。並非沒有理由。試試隨便找一疊照片看看，照片中的人物，靈魂是否附體？人民入境事務處只管人們的軀體，你入境或者出境，都是軀體的事，靈魂他們管不了，樂觀地說，任何人的靈魂都可以自由出入。所以，人民入境事務處拍的照片，只是供他們留檔案、查記錄，並不理會你的靈魂。

要辦攝影展的攝影家，當然有話要說。照片裏面有沒有靈魂，似乎和知識水準不成比例，我們只能看外表。我有一個小姨甥，今年三歲，老愛玩照相機，我就把我的舊照相機給他玩，快門一按，眼睛看看景物，照片拍出來了，房子是歪的，人物蹲在照片角落上，靈魂居然沒有出竅，只要有靈魂就好。不知道為甚麼，小孩子替你拍照的時候，你不會着意擺姿態，你根本不理他；可攝影師在你面前，你就會自覺地考慮起自己的姿態來。許多人走過玻璃鏡子，看見了自己，難免會裝模作樣一番。

是這樣嗎？是這樣子坐？我盡量讓自己坐得自然，就像平日一樣，可這椅子不是我家裏的椅子，椅背又有一條彎木，於是我就坐在椅子的前方。背脊要伸直一點吧，那會舒服些。剛才上朋友家來，一路上還看見馬路上還沒拆卸的招牌，貼着競選者的海報，這些人拍照的時候，擺姿態嗎？當然擺，還得研究梳哪一種髮型，穿甚麼顏色的西服，配甚麼顏色的領帶。要成為公眾人物就得包裝形象，不光是衣服，還得選擇適當的眼鏡，要去箍牙，練習一種恰到好處的微笑。如果照片能夠傳聲，要訓練柔和、清晰、有力的聲調，研究演説的技巧。

競選的議員，有的從瀟脱變得嚴謹，有的則從嚴謹加上親善，有的增肥有的減肥，有的去做面部按摩，塗眼線。為了一張照片，人人願意穿玻璃鞋。在這個時候，無數人把靈魂懸置，努力塑造自己的軀體，補充附加劑。這兒加些白糖好增加甜味，那裏塗些色素好充滿魅力，這是廣告，廣告主要是為了展銷商品，攝影展覽會是商品麼？照片會展銷麼？

咔嚓，咔嚓。

「你在紙上寫點字。」攝影師説。

我於是在紙上寫字。

「你朝我這邊看。」攝影師説。

我於是朝照相機那邊看。

「你做思考的樣子。」攝影師説。

我於是做思考的樣子。

「你用手托着腮思想。」

想甚麼呢？想着，這是遊戲，必須遵守遊戲的規則。我們是在這裏演默劇，場景會逐一從照片中浮現。但這場戲很奇怪，我在扮演我自己，真是我自己，還需扮演麼？我們看電影、看電視劇，在電影之前或者結尾，總有一大堆說明，製作是誰，導演是誰，剪接是誰，甚麼攝影、佈景、道具，甚麼人當武術或者舞蹈指導。都有分工的名字。可一張照片出來，旁邊不會說明誰打燈呀，佈景，編劇呢，演員？

說明是重要的。因為照片有私人的照片，也有公眾的照片。比如說，我母親的照片，在我們的家裏，這是一幀家庭的照片，是私人的，看的都是親人，大家會說：呀，笑得真開心呵。就是坐在金魚缸旁邊拍的，這些金魚如今又長大了些哩。家裏的人認識母親，也認識她生活的環境。可這樣的照片拿到公眾場所去懸掛，對觀眾來說則是一個完全陌生的人，金魚對他們來說也沒有生命的意義。

菜市場附近的天橋廊下，有兩個小攤子做生意，我每天經過，總看看誰有生意。第一個小攤子一直沒有，這是收買舊貨的人，有時是個男人，有時是個女人，坐在凳子上，旁邊放着個招牌，寫着收的東西：錄音機、電視機、縫紉機。主要是這三樣。後來又加了說明，只收工業用縫紉機，電視機則不分黑白或者彩色。這招牌看似一模一樣，其實上面的字不時更換。有一陣多了一行收買關東幣。又有一陣，收舊照相機。

和妹妹一起上市場買菜，見到那招牌，她就對我說，你可別把我的舊照相機賣掉。我是個最愛扔廢物的人，家中有甚麼不用的東西都扔掉。收買舊貨的人收電視機、音響器材是真的，拿回去可以改可以修，可以拆零件，做好了轉賣。工業縫紉機也實用。至於舊照相機，妹妹特別關照我，因為她有一個古老相機，怕我把它賣掉。

我妹妹學會拍照是偶然的事。因為我家一位朋友移居外國，又不捨得放棄這裏的房子，就讓我們搬過去住。這房子不是一般的公寓，卻是一間照相館，天天要開門做生意。不做生意不行，因為是公屋，申請時說明是店鋪。有人會檢查。於是每天把店門打開。有人上門來拍照，我們就說：對不起，師傅請假，回鄉探親去了。要求拍照的人還真不少，因為本來的店主和我的大哥是老朋友，同是攝影的發燒友。一個來拍照的人居然來三次，敗興離開時說：師傅怎麼可以請那麼久的假。

我們開店不替人拍照，偶然也接沖印，都拿到別的店鋪去做，根本沒錢可賺，不過這地方租金便宜，一住許多年。照相館當然有窗櫥，裏面擺的不外是結婚照片、全家福照片、少女拈花微笑的照片，這些人是誰呢？是我們完全陌生的一群人，照片漸漸枯黃，裏面的人還活着麼？在哪裏？我們居然每天和這些人生活在一起，天天見面，似乎熟稔起來了，可又對他們一無所知。我們看他們的時候，他們也總是看着我們，彼此面面相覷。

照相館有舖面，也有閣樓，地方寬闊，我們一家住上閣樓，樓下的一半當客廳飯廳，店舖前面則佈滿了可移動的木架和座地燈，如果把天花上的燈都亮了，完全是舞台，可以演戲。可惜沒有朋友上我家來組織實驗劇團。照相館為我們增添了遊戲的地方，那是一間寬闊的黑房，我的妹妹可樂了，整日價跑進去沖印照片。有時候，我也跑進去湊興，把底片放在曬照片機上，就把照片的大小決定了，然後浸在藥水裏。我稱這做炸油條。黑房裏亮着紅色的燈泡，照片中的人物在顯影液中徐徐出現了，真是魔術哩，魅影幢幢，一個個幽靈在紙上浮出來。我有時覺得這是非常可怕的事情。

沖印照片是我的兄長傳授的，他一上我們家來，也常常要進黑房玩一陣。他把一套沖印的方法都傳給我的妹妹，還教她攝影，送她一個咔嚓咔嚓響的照相機，拍照時，要她穩定地把握，注意光線、構圖，並不把相機拿起來放在眼睛前面，而是低下頭，放在胸前，朝裏面看，彷彿那是極深極深的一口井。

菜市場的第二個小攤子，是個寫信的攤子，一張木凳上擺着紙和筆，一張矮凳上坐着一名六十多歲白頭髮的老婦。她每天坐在那裏，生意很不錯，我常常看見她在寫信，一面寫一面和僱主商量，要不要都告訴他們，由你自己拿主意，可不方便代你決定哩。寫完了信，她又讀給僱主聽。寫信攤子來的多半是婦女，看來比她年輕許多。她寫的字小小的，戴着老花眼鏡，一筆一筆寫得很用心。

每次經過那個寫信的攤子，我覺得，啊，這景象，不就是我的照片了麼？從來沒有一幀照片使我覺得這就是我。當我寫點甚麼東西，我就是和這位老婦人一般，在廚房前面坐着一張小矮凳，把稿紙放在凳子上，我也戴着老花眼鏡，有斑白的頭髮。難道我每天寫的不是信麼？我寫着無數無數的信，寄到遙遠的地方，在我的面前，坐着一個個沉默的靈魂，和我低語商量。

天橋底下，又來了第三個小攤子，是我昨天見到的，竟是一個男子，坐在凳子上用炭筆畫照片。他畫了幾幅明星照片，有劉德華、林子祥，不太像。當你拿着照片畫，人們總對照看看像不像。從前，這個行業有一點的生意，因為總有些年代湮遠的照片，舊了，模糊了，磨損了，就找人放大，重新再畫，黑白的，重新上色。可現在，還有人請人畫照片麼？很舊的照片，也可以拿到照相館去放大。這第三個小攤子，一直沒有生意。

是去年吧，電視上有一個專輯，反映內地的民生，其中一段，寫中學畢業生的出路，考大學不容易，讀專科又選甚麼？有一群學生選的是給照片着色。而畫面只見他們把顏色塗在照片上。學了這技能可以謀生麼？彩色攝影的時代，還有人拍黑白照片然後着色？沒有甚麼比替照片中的人物着色更可怕的了，在臉上塗上胭脂，給嘴唇搽上口紅，儼然是替死者化妝。

有一次替母親整理抽屜，發現一張照片，是父親和母親的合照，兩個人當時都年輕，是結婚不久的，可是，這照片只剩下了一半，因為母親把父親的部分依着身形，彎彎曲曲的剪掉了。對着半張鋸齒式的照片，我呆了很久，大抵以為這古舊的照片，是半生不活的，時光一邊流逝，另一邊又凝定了；她把不再存活的另一半抹去。

天橋底下是十字路口，但小攤子所處的位置在馬路中心的安全島上，於是車輛在兩旁駛過，行人提着膠袋走過，店舖的門口擁擠着許多人，揚沸許多聲音。寫信的小攤子卻寧靜地在天橋下存活，天橋替它擋風遮雨，過濾猛烈的陽光，這既喧鬧又安靜、既忙碌又悠閒的地方，不是十字街頭的燈塔麼？

咔嚓咔嚓，咔嚓。

機關槍，光的武器。

好像很嚴肅的樣子哦。朋友說。

我笑笑。在朋友的眼中，我是怎樣的一個人？很嚴肅的吧。也許是因為這樣，他給我搭了這樣的一堂佈景。在電話裏他曾說：我有一幅紫紅色的有趣的掛毯，和一張大麻石面的桌子。結果他沒讓我坐在麻石桌子的前面，也許因為他覺得我嚴肅了。

朋友拍了多少卷膠卷？大概兩卷吧。

啊，拍好了，不是很快麼？朋友說。

很快，我卻覺得拍了很久，因為我已經從中國清朝的皇帝到法國的拿破崙那裏兜了一個圈子回來。朋友給我兩張保麗萊拍的照片，於是我這個讀者開始閱讀這奇異的文本。這是誰的照片呢？照片的版權在法律上該屬於誰，的確是有趣的問題。那年上土耳其伊斯坦堡旅遊，在街上看見有人拖着一隻大熊漫步，熊頸扣着粗大的鐵鏈。這可不是異國風景，愛攝影的人立刻趕去獵奇，好得很，拖熊的主人要收費哩，照相機是你的，可能是他的。我心想，熊不是熊自己的？你到埃及拍騎駱駝，到山東曲阜拍馬，也一樣。只有那些巴黎聖母院、科隆大教堂，默默無言。上兩個月，鯊魚在海灣出沒，漁人圍捕，獵得一條，拖上岸，你去拍照，你是新聞記者？

〈作者的角色〉手稿，文章後更名為〈角色〉。

行，收費一千元。有的記者結果照付錢，拍了照，把鯊魚剁爛。

照片上從來沒有攝影師的名字，照片不是屬於攝影師的麼？照片上當然常常出現名字，可那些都是照片中人物的簽名，足球明星、影星、音樂家，然則，照片是屬於明星的麼？

羅蘭．巴特說，他在日本的時候，報刊上登錄他的一幅照片，瞳仁給繪過了。據說這是日本人的習慣。一雙被點盲了的眼睛，就像我國的點畫龍睛？黑澤明的《八月狂想曲》裏出現過，那是一隻原子獨眼，是導演的點彩。日本人也給歷史點睛，是要使歷史更明亮？羅蘭．巴特另外提到一個攝影師名為《震驚》的攝影展，照片其實並不令人震驚，因為攝影師早就替代觀眾震驚了。

我跑進一張紙裏去了。在紙上，我不再移動，時間也不流動，我在一齣戲裏凝定了。被釘住的蜻蜓，是要收到圖冊去的，和美麗的蝴蝶、蜜蜂、雀鳥在一起。高興、榮幸麼？我看見我，既熟悉但又陌生，照片裏的人好像是我，卻又不像是我。這不是生活中的我，而是戲劇中的我。不，我看見的其實不是我，而是我的攝影師朋友，看見他的心思、他的構想，這是他的自畫像。我的朋友和我，都以我們的方法和語言，向讀者陳述虛構的故事。

我喜歡木偶戲，但並不喜歡木偶。看過的許多電影、默劇、話劇、彩劇、芭蕾舞中，常常記憶的卻是一齣木偶劇，真人般的高大木偶，在舞台上演出，演的是《西遊記》的水簾洞，那個孫悟空靈活生動，看得小孩子大樂。這般大型的提線木偶劇，我只看過一次，後來再也見不到；再看到的提線木偶，只有二、三尺高，以及一尺左右的掌中木偶。木偶在戲台上既會動又會唱，可回到後台，掛在木板上，完全不動，只瞪着人，神秘，詭異，令人不寒而慄。但你又不能把木偶和木偶戲分開來，你分明知道，這其實只是戲。

拍照，我的確需要拍一些照，不過，要照的不是我的臉、我的眼睛耳朵和鼻子，而是我的肺、我的肝、我的腹盆和胸腔，還有我的心，我更需要這些照片。

一九九一年九月，《印刻文學生活誌》。

# 八月浮槎

你們其他人也許不記得，可是我還記得。那龐大的月亮，一直在我們的頭頂。滿月時，夜晚就如白晝般光亮，散發出一種乳白色的光，看起來像要吞噬我們。

舊說云：天河與海通。

近世有人居海渚者，年年八月有浮槎去來，不失期。人有奇志，立飛閣於槎上，多齎糧，乘槎而去。

曾經有幾個滿月的夜晚，月亮降得非常非常低，潮水也漲得非常快，使得月亮險些掉進海水中。不過，還是差了數碼的距離哪。你們會問：那你有沒有爬上月亮呢？答案當然是肯定的。只要把一艘船划在它下面，撐起雲梯往上爬就可以了。

事實上，在雲梯的頂點，你只要筆直地站立，伸直手臂，就可以觸摸到月亮。通常我總是選擇一個看起來很牢固的位置，然後先用一隻手攀附着，再用兩隻手抓緊，很快，我就可以感覺到梯子和下面的小艇正在漂浮，而月球的運轉也將粉碎地球對我的引力。月球是如此強壯，將我吸引上去。

十餘日中，猶觀星月日辰，自後茫茫忽忽，亦不覺晝夜。

現在，你們一定會問我，究竟為甚麼要去月球？這是我的解釋：因為好奇。要是以為太玄妙，那麼，我是去取牛奶。月球的牛奶非常濃稠，就像我正在吃的一種乳酪。形成的過程大致是：月球航行過地球的大草原、森林和湖泊時，這些地方的各類物體，除了人類，就會奇怪地發酵。它主要的成分是植物果汁、蝌蚪、瀝青、扁豆、蜂蜜、澱粉、水晶、鱒魚、蛋、沃土、花粉、膠質、昆蟲、松脂、胡椒、無機鹽及氧化物。這其中一部分，正是我日常吃的東西。你只要將湯匙伸進覆蓋月球看似荒漠地帶的鱗片，再掏出來時就會是滿滿一匙，我是這樣吃乳酪的。別問我為甚麼人類可以免於這種濃稠發酵的過程，有些人身上不就有一種酸腐味？

去十餘日，奄至一處，有城郭狀，屋舍甚嚴。遙望宮中多織婦。見一丈夫，牽牛渚次，飲之。

月球上的土壤並非一律都是鱗狀的，它也有不規則、泛白的貧瘠泥土，也有草原。大多軟綿綿，使人興奮地不停翻筋斗，或像小鳥地飛翔。我在鋅礦峭壁下的那些夜晚總陷入特殊的情緒：興奮，卻又提心吊膽。我發現有一條大魚也受月亮吸引，悠游的浮動着。透明的水母也露出海面，蠕了一會兒後就向月亮伸縮搖擺溜走了。

牽牛人乃驚問曰：「何由至此？」此人具說來意，並問：「此是何處？」答曰：「君還，至蜀郡訪嚴君平，則知之。」竟不上岸，因還如期。

我睜大了眼睛，我頭頂上的雲層原來是綿延無盡的大海，而且不斷變化，變得更高、更遠，偶爾出現三面環海的海岬，但很快又消失了。海中的船變得好小。然後我看到的朋友，臉孔變得好陌生，他們的喊叫也變得好微弱。我看不到戰爭的火焰，也聽不到疫症漫延的噩耗。

我在那高掛的星球中，一直在飄浮，天旋地轉，看不到熟悉的海岸，只看到無底深淵的海洋、滿地灼熱的火山礫、大片的冰河、爬滿爬蟲的森林、被急湍削過的岩石山脈、沼澤、石墳場，以及泥土城池。每件事物望去都有齊整劃一的色彩。我看到蝗蟲，成群結隊的大象、犀牛。野草長得又多、又密，幾乎與動物同色。

我終於置身這奇幻的世界，放眼望向它陽光不到的地方，看到了以往地球人所無法看到的景色。有時我也仰望月球之上的星星，那猶如水果般大，用亮光塑成，每到晚上彷彿會說話的星星。當我看着星星，我可以想像，我熟稔的朋友也抬起頭，當我是星星那樣看望。

我渴望重返地球，因為害怕失去它而顫抖。

後至蜀，問君平，平曰：「某年月日，有客星犯牽牛宿。」計年月，正是此人到天河時也。

——採自晉張華《博物志》。

一九九三年二月寫，二〇一八年八月修訂。

# 花店

坐在花店裏，看人家怎樣做生意。

走廊上有幾個人，站在窗櫥外研究種草莓好還是種番茄好，他們探頭來問：哪一樣比較容易種，能種出來嗎，可以吃嗎，是甜還是酸，甚麼時候才結果？

桌子上的玻璃盆裏放着一塊四方的濕花泥，把花枝插進泥去，發出沙沙的聲音，好像咬碎一片威化餅。

有人進來，繞了一個圈，又出去。接着進來的是常常前來選購熱帶植物的老先生，他總是精神奕奕，肩上掛着一個印着童軍徽號的白布袋。他仍然喜愛多刺的仙人球，帶回去可以隨意放在陽光底下曬。起初水澆多了都爛掉了，現在可清楚它們的個性了，他說。

用七枝水荷紅的菊做主幹，可以佈置成一個半月形的構圖，四周圍聚高高低低的深紫紅蝴蝶蘭，再添幾枝白點子滿天星，加上蓬鬆的蕨草，差不多了吧。

穿繡花襯衫的白裙女子又進來看紫羅蘭了，她已經擁有許多不同的品種，今天她選下那盆出現無數蓓蕾，將要綻放綠色重瓣花朵的「卷卷的阿Q」。九月的天氣依然炎熱，她是知道的。不久就會秋涼了，她說，秋天一到，就可以移植插葉了。

吊索上有一頭小小的蝸牛，大概是從素綠藤裏爬出來的，植物裏總隱藏着那麼多的小動物，沒有了植物，動物怎樣活下去呢。電話鈴響，那邊的聲音很急促：哪裏才可以找到花環，可以趕一個嗎？甚麼花朵都可以，只要是一長串，鮮艷的，橢圓形，可以垂掛項頸上。

站到桌子前來的學童說：真的嗎，要先用沸水澆在種子上面，浸二十四小時才埋在泥土裏，不會把種子燙死嗎？真的會怕羞蜷縮起來，晚上睡覺，長大了開紫色小花？

展開一幅玻璃紙，響起一陣脆亮的索索聲，把花用玻璃紙包起來，燈飾下只見一片銀燦燦，不用再加一個銀絲帶的蝴蝶結了吧，不過若是你堅持，也不反對。

西裝挺拔的一位青年走了進來，打開他的手提箱，推薦新面市的拼砌積木，他把模型木馬和火車頭放在桌上：很容易拼砌，每盒都有說明書，另附白膠漿、彩色花……放在門口木花籃裏的泥餅又少了幾個，也不知道是甚麼時候，被甚麼人牽走了。

一九八〇年九月十三日，《快報》。

# 攝影

把沖曬回來寥寥可數的幾幀照相排列在桌面，彷彿一幅散失了若干碎片的拼圖遊戲。於是聽見你說：怎麼拍得這麼少，又怎麼拍的全是一頭金黃茸茸的動物。嗯，我肯定又把我的照相機給忘記了。

話怎麼說才能讓你明白呢，我能拍攝的景物，並非我想拍攝的景物；我想拍攝的景物，我卻沒有能力拍攝回來。

關於那頭金黃茸茸的動物，是這樣的；遇見牠時，彼此都在動物園裏，牠在草地上奔跑，稍後攀上樹梢，噬咬竹節的枝椏，然後頭朝地面，倒豎蓬鬆的大尾巴，順勢從樹上滑下來。我忽然記起我帶着一個照相機，我想捕捉的正是這動物下樹時倒栽蔥的奇異姿態，我匆匆解開背袋的小扣，卸去攝影機的外衣，移對光圈、調整焦距、旋搖底片，忙亂了一陣，動物早已下地在草叢間漫步。我曾期待牠再度攀樹；等待甚久，但牠堅持拒絕再作任何類似的演出。

單憑桌面這幾幅凝定了的形象，你只能看見動物環節多彩的尾巴，尾巴的末端和勁健的四蹄都墨墨黑，外翻的耳朵和嘴唇則雪雪白，嘴巴的旁側橫列幾根貓鬍子。你並不能目擊牠真正的美麗。

我並非沒有看見風景，應該這樣說吧，我想拍攝的，不是這些層層疊疊出名的江峽峰巒，只是洪水泛濫的濤聲，只是這個站在船舷不聲不響的人此刻的思考；我想拍攝的，不是修飾了的詩人的草堂，只是圍牆外面，那個寫着「練習射靶」的小攤子，我想拍攝那些一行一行的笨拙木偶，那枚紅纓小針破空的聲音。

不是這些林蔭深處桂花的香味、廣場上的銅像、古城樓建築群的橫扁和對聯。我想拍攝的，只是路旁拍着手唱着歌的小孩，只是輪渡上清晨隨風飄來的一聲早安。還有，雨及火車站。

我沒有向你提起過嗎，是的，火車停站的時候，我們遇上濃密的驟雨，我的傘在行李袋裏，行李袋在運輸車上。站在我身旁那位長着鬍鬚但非常年輕的旅人說：

讓我們把草帽借給你，戴上草帽再說吧。我想拍攝的，不是寬敞的火車站，只是那雙把草帽遞過來的手。

也許你是對的，下次出外遠行，不用再帶攝影機，只帶眼睛就可以了。

一九八〇年九月七日，《快報》。

# 補鞋匠

我經常記起一些奇怪的人，就像這位在路旁替人修補鞋子的伯伯。最初，我是從沒有留意他的存在，只是有一次我的鞋子剛巧需要修補時才注意到他。他低頭工作時，是這樣不起眼；可是看到他的一對眼睛卻叫人覺得如此不同。我是說，在我的認知範圍裏，幹補鞋的人的眼睛，多數是無神，或者是帶着一些羞澀和溫和的。總之，他們決不會是像他那樣的光芒四溢、充滿神采。他看來大約有五十歲，或者是六十來歲吧，我不能一下子猜出他的年歲。他戴了一頂灰綠色的毛冷帽子，兩邊鬢髮差不多全白了，臉上長着密密的鬍子，也是全白的。他只穿了一件內衣和一條藍色厚布短褲，腳上是一對舊的露趾涼鞋。他在小舖的一角，放了個錄音機，正播送着一些調子很快、音樂性很重的歌曲，好像 The Rolling Stone、Simon and Garfunkel 等的西方音樂。我奇怪，他為甚麼不是聽一些粵曲或時代曲，不是〈客途秋恨〉，或者〈天涯歌女〉之類？在這個五六十歲的老頭身上，為甚麼有這麼多的不合常理的事？

此後，每次我再經過這間補鞋店，我便往內看看那老頭怎麼樣。每次，我總看到他正在很專心地工作；可是，他這種過分的專心又使我以為他是在思想一些問題。有時，我想他是不是一個哲學家，是武俠小說裏一個隱世的高手。他好像很滿足現狀的樣子，是安徒生童話故事中的一個快樂的補鞋匠？他的熱切的眼神又代表一些甚麼呢？他在修修補補中有一段難忘的過去？我不知道，只是每次經過這間有音樂的補鞋店的時候，我就浮想聯翩。

一九七五年十一月十四日，《大拇指周報》。

# 女孩子

認識一個女孩子，看來只有十四歲，人很乖，見到人時總是笑。她好幻想，愛繁雜的東西，愛熱鬧，常常跑到街市、雜貨攤去逛，又喜歡流連超級市場。

她好新鮮，對顏色敏感，跑到超級市場是為了看那些有着天虹顏色的罐頭招貼，看它們的互相配合，卻又互相抗拒；看着一列列整齊的瓶裝飲品：橙汁的橙色、檸檬汁的淡黃和葡萄汁的紫色放在一起，她就高興了，笑着說從沒有女孩子如此大膽的配搭外衣。看到用貼身透明膠紙封好的新鮮蔬菜或生果，就說它們像極了一張張塗上透明膜的臉孔，並且一邊走一邊唸着番茄臉孔、椰菜臉孔、青瓜臉孔、蘋果臉孔、香蕉臉孔。

看到一盒盒的盒裝蛋，就爭着打開來看，總是希望裏面的是一隻隻黃絨毛的小雞；於是她就會立刻告訴你關於那個怎樣由蛋變小雞、小雞變羊，羊變土地的童話故事。她又說敲一隻蛋，就會掉出一個太陽，那就用不着大清早起來看日出啦。並且還嚷着誰要晚上起來吃太陽，冰箱裏有的是。她看到放在櫃裏一塊塊豎着價錢牌子及種類牌子的乳酪，就說：「怎麼一下子這麼多肥胖的主婦，都跑到街上來示威呀。」她又說她最喜歡吃那些綴了青霉綠線的乳酪。

又有一次，在街上，她看到一叢菊花插在一個瓶口只有五角錢那麼大，而身體卻像胖子的玻璃瓶裏，只有花瓣露在外面，葉子和花莖都藏在瓶內，她就說：「看那叢花，總算從肚皮裏爬出來透一透氣了。」她是很頑皮的，她告訴我她經常獨自跑到郵局的自動售郵票箱，放下一角錢，看到郵票從售票機內吐出來就叫：「伸出你的舌頭做甚麼？」再放下數十個錢幣，然後拖着一條很長很長的舌頭，讓風帶着回家，活像風箏的尾巴。她說有些自動售票機好像不喜歡自己的工作，把票子沒好氣地扔到地上。

這就是我認識的女孩子，總是帶着歡樂的心懷，看到別人看不到的物事，從平凡的事物裏總可以找出一些驚奇來，就好像在雜貨攤子偶然找到一件她喜愛的東西，或者在舊書店無意中發現一本自己渴望已久的書。這個女孩子，只有十四歲吧，再過幾年不知會變成怎樣？希望她好，希望她還能繼續她的夢話和繼續創造她的生命，我在這裏祝福她，祝福她自己。

一九七五年十月二十四日，《大拇指周報》。

## 聖誕禮物

我輕輕的走近小弟小妹的睡床，那是廳裏用櫃櫥分隔出來的小床。傾耳留神的聽了一會兒，除了小弟小妹細微而有規律的呼吸聲，沒有其他的聲音。我躡手躡足的走到他們床前。按亮了床頭燈，看見並排睡在床上的小弟小妹和掛在床側的一雙長襪子。

小弟，聖誕老人來了，你知道嗎？小妹，明天早晨，妳的襪子裏便有一隻小玩具狗，大哥可沒有騙妳呢。我將手上兩包聖誕禮物塞進他們的襪子裏。看着他們幸福的樣子，我禁不住輕吻小妹的小粉臉。小心的按熄了燈，黑暗立刻籠罩着整個房間，我呆呆的站在床前。待了一會，我摸索着走到窗前，輕輕的扯開了簾布。慘白的月光立刻從窗格子中投進來；六個光格斜映在房間的家具和地板上，我半身沐浴在月光中，一種淒涼的感覺在我心中波動。今年的聖誕節，是我第一次領到工作的薪酬，首次扮演聖誕老人的角色；今年的聖誕節，我襪子中不會有聖誕禮物。

今夜的月亮好光好圓，可不要照醒我的弟弟和妹妹，他們還做着與聖誕老人滑翔在天空中的夢呢。我拉上窗簾，又摸索着走出小房間。

走廊又是一片淒淒的月光。

「南兒。」噢，是媽的聲音。她站在走廊的一端；面向窗而背向我。媽怎麼還不睡，在等候我？

我走上前；媽打開了窗，清涼的風從屋外吹到我身上。

「媽，好冷。還不睡覺？」我問。

媽轉過身來，我感覺到媽媽眼中的淚光。

「媽不冷。」

「南兒，實在委屈了你。要是爸還在，我一定要他給你一份大大的聖誕禮物。」

媽對我說。

一九七〇年一月九日，《中國學生周報》。

# 嘉年華會

走廊和街道很靜、很冷；那邊天卻紅光光的很熱鬧。

讓我們也去嘉年華會，露薏茜說。我們就去了。

朋友說「香港節」是給那些好熱鬧的人，東跑跑，西看看，在彩色繽紛中團團轉的。我們就是好熱鬧的人；況且我們都喜歡香港節那個圓球的橙色和白色，又喜歡那個四四方方像禮物盒的綠色、黃色和紫色。於是我們便乘巴士，去星期六晚上的露天嘉年華會。

先是尖沙咀那個美麗的「三王來朝」燈飾，然後坐船過了海，是滙豐銀行那棵聖誕樹燈飾，我——露薏茜和我，便來到皇后像廣場。

人當然很擠啦，又男又女又老又幼圍着那個水池，水池中是高築的表演台，一邊連到文華酒店，後台跨過地下走道出口；燈光從四面射到台上。

七時五十分，還差十分鐘嘉年華會便開始了。我們還找不到適當的站立位置。整個廣場都擠滿了人，包括了涼亭頂和記者先生的木架。我拖着露薏茜（她是一語不發的依着我，美麗可愛的露薏茜）團團走。

唉，沒有法子，只好走上種了柳樹的水泥汀上站着。唉，更對不起，為了護着嬌柔的露薏茜，我踩折了一株小小的弱柳（你們不要怪我啊，全為了露薏茜）。

八時正，一陣騷動，水池旁的人排倒向左面又倒向右面，蕭芳芳和黃霑從小梯走到台前，一群花枝招展的女明星也早排立在台前，一位觀眾踩入水池中，小姐們接過金剪，又一位小朋友擠到水中，小姐們口中唸「一、二、三」，然後揮剪把紅綵帶剪開，又一位觀眾踩入水池，嘉年華會這時正式開始了。

第一個節目，是黃飛鴻關德興師傅舞瑞獅，關師傅身材十分高峻，精神赳赳的接過點了睛的獅頭，鼓聲一響，便舞將起來。首先是獅頭掛出了「天下太平」四字，然後便表演獅子的喜怒哀樂。看着關師傅落力的演出，腦子便想起少時看電影黃飛鴻的興奮，露薏茜也東張西望的找尋好角度。

觀看的人更多了，人潮一群群的湧入會場。五呎九吋高的我也被前面的人頭阻擋着視線。露薏茜頻頻的牽我衣角，也罷，走好了。

等到第二個節目鍾玲玲和鍾露露唱了二首歌，我和露薏茜便退出了會場。

在渡海輪上，露薏茜疲倦的靠着我，握着我的手，她真好。

一九七〇年一月二日，《中國學生周報》。

# 寂寞之男（劇本）

## ■序

①　一幅男孩子的照片，神情孤寂落寞。

②　一幅如此的照片，右下角排片名字幕——寂寞之男。

③　同樣男孩的另一姿態照片，一角排演員字幕。

④　同樣男孩的另一姿態照片，一角排演員字幕。

⑤　（推鏡頭）照片放大，畫框衝出銀幕。

## ■其一

①　一張男孩子的臉，和照片同。

男孩：（旁白）我是有名字的，但我不願意告訴你，因為，我的名字並不重要，我只是一個很平常的人。

②

（鏡頭退後）男孩坐在窗前的一張椅上，面前是放書的架子，架上放着一本書。

男孩：（旁白）和任何平常的人一樣，我有一個家；和任何平常的人一樣，我每天早上起床，漱口，吃早餐，然後揹上書包上學校去。

③

他在看書，翻過了一頁。

男孩：（旁白）在學校中，我上課，下課，下了課又上，上了課又下。然後，我就回家來，像現在這樣子，讀我的書。

④

用手托着頭，看書，用手拿着書。

男孩：（旁白）再過一會兒，當時鐘跑得比我翻書還快時，天就黑了。然後，我吃我的晚餐，然後我再像這樣子讀我的書，然後我要洗澡，要漱口，乖乖地上床去，明天早上起來再做同樣的事。

⑤

他放下書本，放下托着頭的手，抬起頭來，環視屋子。

男孩：（旁白）我的家有足夠的錢，使我不必擔憂甚麼。

⑥ 屋子內景物寫照之一。

男孩：（旁白）這是一間小小的屋子，很溫暖。

⑦（搖鏡頭，繞屋子一圈）景物寫照之二。

男孩：（旁白）而且，相當美麗。

⑧ 景物寫照之三。

男孩：（旁白）也許，你開始羨慕我的環境了？

⑨ 男孩之臉（特寫）。

男孩：（旁白）別羨慕我。

⑩ 男孩坐在椅上（側影）。

男孩：（旁白）我並不快樂。

⑪ 男孩子坐椅上，用手托着下巴（側影）。

男孩：（旁白）我寂寞……

⑫ 男孩的臉。

男孩：我想介紹你認識幾個人。

⑬ 他站起身，走到窗前，拉開窗幃一角，可以見到廳內，有一個女孩子在彈鋼琴。

⑭ 一個女孩子在彈鋼琴。

男孩：那是我的妹妹。

⑮ 他把窗幃另一角拉起，見到廳內沙發角一邊有兩個女人。

男孩：穿黑衣服的是我的母親，穿花衣服的是我的姨媽。

⑯（廳內）兩個女人坐在沙發上，看着女孩彈鋼琴。

⑰ 女孩在彈鋼琴一姿態。

⑱ 女孩在彈鋼琴另一姿態。

⑲ 女孩彈鋼琴又一姿態，彈完。

⑳ 兩個女人拍手。

㉑ 女孩驕傲地微笑。

㉒ 兩個女人站起來。

姨媽：小玲彈得真好啊！

㉓ 女孩走過來。

女孩：姨媽，這次，我一定要彈第一。

姨媽：還用說，準是你第一的。

㉔ 母親微笑，愉快地。

母親：小玲是比她二哥聰明，我家這三個孩子，誰都用不着我費心，只是她二哥，麻煩死了。

姨媽：讀書又不及格了吧？我看，他人是愚蠢哩！

㉕ 母親，唉氣。

母親：老二不知道為甚麼這麼糟。你看，小玲在學校裏年年考第一，每年音樂比賽也是大個大個的銀杯捧回來；老大更不用說，讀中學，年年免費，現在大學畢業，找到一份好的工作，月薪是一千八百塊錢。老二就是死不爭氣。

㉖ 姨媽朝房間的門口看看。

㉗ 房門口一瞥。

㉘ 姨媽張望房門那邊。

姨媽：他還在裏邊？

㉙ 母親輕輕點頭。

母親：他爸說過，考試不及格，不許離開房間一步。

姨媽：請了補習先生，成績是不是好些了？

母親：人家是盡力教，但誰叫自己的兒子是個大笨蟲，沒辦法教。

㉚ 小玲笑起來。

小玲：媽，爸爸說，二哥是個大飯桶。

㉛ 母親搖搖頭，唉氣。

母親：小玲，你再去練練琴去，這次再捧個銀杯回來。

㉜ 小玲側着頭。

小玲：這次獎甚麼給我？暑期帶我到日本去旅行吧！

母親：如果比賽得了第一，帶你去。

㉝ 小玲開心地跳到琴邊，坐下再彈。

㉞ 彈琴之姿態。

## ■其二

① 男孩站在窗前，放下窗幃。

男孩：（旁白）到了暑假，她是會到日本去的，他們都會去的，我的父親、母親、哥哥、妹妹，都會一起去；我呢，我會留在這裏，留在這一間小小的房間裏，因為，我是一個大笨蟲，我是一個大飯桶。

② 父親站在廳內。

父親：你是一個大飯桶！

③ 父親站在廳內，手持成績表一張，母親、妹妹、兄長排隊地站一旁，男孩垂下頭，在父親面前。

父親：你是一個大飯桶。

④ 父親的憤怒的臉。

父親：甚麼東西，英文不及格，你是讀甚麼書的，你這個不長進的東西，你丟盡了我們楊家的臉。

⑤ 父親站在廳內的神氣姿態。

父親：你怎不替我爭爭氣，你看，你的大哥。

⑥ 大哥高傲地抬起頭來。

父親：讀了這麼多年書，不用我花半個錢。還有，比你小的妹妹。

⑦ 小玲高傲地看了男孩一眼。

父親：她哪一年不考第一，這大廳裏的一切獎品。

⑧ 獎品一列的雄姿。

父親：有哪一件是你替我掙回來的？

⑨ 男孩低下頭。

父親：我是個體面的人，出到外面，誰不稱讚我教子有方。現在，你看，你對得我起？

⑩ 父親的臉。

父親：我不希罕有你這樣的孩子，你要是再不給我考個第一，就別再姓楊。

⑪ 父親的臉。

⑫ 男孩低下頭。

⑬ 一張飛機投炸彈的插圖。

聲音：炸彈爆炸之聲。

⑭ 父親的臉。

⑮ 投炸彈圖。

⑯ 父親的臉。

父親：你這個大飯桶。

聲音：炸彈爆炸之聲。

## ■其三

① 男孩坐在椅上，低下頭來。

② 他翻一頁書，親切地撫摸着書。

男孩：書，我多愛你哩！

③ 他放下書，坐着。

男孩：（旁白）自從父親說我是一個大飯桶之後，我被關在這間房裏，他們替我請來了一位老師，大家都那麼稱呼他。

④ 父親站在廳內，旁邊站着一個中年人。

父親：我替你請來了一位老師，以後，他就代替我教訓你，我授權給他打你、罵你，必要時將你鎖在屋內。

⑤ 中年人威風地（一名馴獸師在男孩眼中）

父親：林老師，我這個飯桶兒子，讀書懶惰，不求上進，英文、地理、歷史、自然、公民全不及格，生物、化學很糟，糟透，你不必對他客氣，我是請你來替我管着他，不用對他客氣。

⑥ 教師威風地（在男孩眼中變了屠夫）。

⑦ 教師在教男孩功課。

⑧ 他抬頭看他。

⑨ 他翻出他所有的課本，仔細檢查，陰陰地瞧。

⑩ 男孩看着他，主觀地覺得……

⑪ 教師的臉上忽然多了三個字，007。

## ■其四

① 男孩抬起頭來坐在窗旁。

男孩：（旁白）一個月來，成績單回家來了，不及格，不及格，我本來可以及格，我本來可以考第一，像小玲，像大哥，但我恨那個奸細，他不是來幫助我讀書的，他是來替我爸爸作奸細的。

② 父親站大廳內，教師站一旁。

教師：令郎資質愚魯，另請高明。（出去）

③ 父親站在廳內，提着粗籐。

父親：你這懶鬼。

④ 父親用力鞭下。

父親：你這個沒用的東西。

⑤ 男孩用手捧着頭臉。

⑥ 母親哭哭啼啼過來。

母親：（哭）唉，孩子，你為甚麼不好好地讀書呢？你看，大哥讀書，多年來免費。

⑦ 大哥拉了拉領帶。

母親：（哭）小玲年紀雖然比你小，成績卻比你好。

⑧ 小玲拉了拉裙子。

母親：（哭）孩子，你想想，我們楊家的孩子，是出名的聰明人。

⑨ 男孩，皺着眉。

母親：（旁白）替爸爸爭爭面子。

⑩ 炸彈的投擲貌。

聲音：爆炸聲。

⑪ 母親的淚臉。

⑫ 炸彈的投擲貌。

## ■其五

①　男孩，把臉埋在手中。（時鐘的嗒響着）

男孩：（旁白）為甚麼你們不說你們愛我，我愛讀書，我喜歡求學，但為甚麼要提起大哥，為甚麼要提起小玲？我呢，我呢，我在哪裏？

②　男孩，抬起頭來。

男孩：（旁白）難道我不曾努力讀書嗎？難道我不曾試過？

③　課室內，教師站在講壇上，學生坐在教室內。

④　教師張口講話，提出問題。

⑤　學生靜坐。

⑥　男孩突然舉手。

⑦　教師示意他出黑板。

⑧　男孩連忙出黑板，寫出：Able was I ere I saw Elba.

⑨　教師點頭讚許，並把這字句切開解釋。

⑩ 男孩開心地回坐位。

⑪ 教師在黑板上寫：Excellent

⑫ 另一教師在講壇上。

⑬ 學生靜坐。

⑭ 教師在黑板上寫數題。

⑮ 黑板上的字為：
巴黎是法國的首都或者1＋1＝5

⑯ 學生靜坐無聲。

⑰ 男孩舉手。

⑱ 教師示意。

⑲ 男孩在黑板上寫：PVQ＝F

⑳ 教師在黑板上作一個✓並讚許地笑。

㉑ 男孩開心地回座位。

㉒ 教師解釋該數題。

## ■其六

① 在操場上，老師站在中心。（體育老師）

② 男孩站在一邊，他看看老師。

③ 老師示意他翻槓架。

④ 男孩走出來，走到單槓前。

⑤ 老師一如馴獸師。

⑥ 男孩翻了一半。

⑦ 男孩跌倒地上。

同學：（一陣笑聲）哈哈，大飯桶！大姑娘！

⑧ 課室內，老師站在桌前。

⑨ 男孩伏在桌上寫字。

⑩ 老師站一旁一如屠夫，兇惡得很。

⑪ 男孩一字寫不出。

⑫ 老師拿過簿子，擲在地上。

同學：（輕聲）大飯桶。

⑬ 他紅着臉，坐着。

## ■其七

① 男孩坐在校園一角，看同學打球。

② 男孩走在同學後面，等他們遠去。

③ 男孩獨自坐在課室內，同學在一角玩。

## ■其八

① 男孩坐在椅中。（自己房內）

② 男孩站起身，走到窗前，拉起窗幃，廳內寂靜無人。

男孩：（旁白）他們像往日一般，都去看電影了。

③ 他走到門口，打開門，走進廳去。

④ 他在廳內，關上房門，四處張望。

男孩：（旁白）他們留下我一個人，這屋子多空洞啊！

⑤ 他走到鋼琴前，開了拍子機。

拍子機：的嗒的嗒。

⑥ 他關上它。

⑦ 他站在廳中心。

男孩：你以為這是一個溫暖的家嗎？但是，我忽然覺得我冷，是的，

我冷。

⑧ 他看看四圍一眼，緩緩開了門，走出去。

## ■其九

①

男孩在街道上走。

男孩：（旁白）現在，我要到哪裏去呢？我不知道，我只想這樣地走着，走着。

②

男孩在街道上走的另一寫照。

男孩：（旁白）我必須走動起來，他們此刻也許坐在電影院裏了。

③

男孩在海旁走着。

男孩：（旁白）船真多呀。

④

船的寫照。

男孩：（旁白）它們多熱鬧。

⑤

男孩繼續走着。（背景音樂起）

## ■其十

①一間美術館內，男孩在看畫。

②男孩在館內走動，館內疏落，沒有甚麼人。

③他孤零地看一幅畫。

④他走過去看第二幅。

⑤他走過去看第三幅。

## ■其十一

①一間圖書館內，男孩獨自坐在一角。

②他無意地隨便翻書。

③他到處張望。

④圖書館靜靜的一角寫照。

⑤圖書館靜靜的另一角寫照。

⑥ 男孩的臉（特寫）

男孩：（旁白）他們是否愛我、關心我呢？

⑦ 男孩的房內，他躺在床上。口吐白沫，床側小几上有幾個小瓶。

⑧ 母親哭哭啼啼奔到床前。

⑨ 父親大怒的臉。

⑩ 小玲捧着一隻銀杯走進來。

⑪ 大哥拉了拉領帶。

⑫ 男孩的臉。

男孩：（旁白）我仍然愛這個世界，它，卻從來對我那麼陌生……我想，

我能夠去做和尚嗎？

⑬ 男孩的臉。

⑭ 和尚的臉。

⑮ 和尚的手，合十。

和尚：阿彌陀佛。

⑯ 男孩的臉。

男孩：（旁白）但我仍然愛這個世界，而且，我還那麼年輕。

## ■其十二

① 熱鬧的酒吧內，男孩坐在一角。

② 他喝一口啤酒。

③ 有人在跳舞。

④ 有人在喝啤酒。

⑤ 樂隊在演奏。

⑥ 有人在唱歌。I need somebody help。

⑦ 男孩喝另一口啤酒。

⑧ 酒吧內十分熱鬧，人影幌動。

⑨ 侍者走過。

⑩ 女人走過。

⑪ 男孩喝另一口啤酒。

⑫ 他瞪着眼，面部並沒有快樂的表情。

⑬ 樂隊之歌仍在唱。I need somebody help。

⑭ 男孩喝一口啤酒。

## ■其十三

① 男孩獨自走在公園的小徑上。

② 男孩獨自走路之另一姿態。

男孩：我不知道我將要到哪裏去。

③ 男孩走過一些欄杆。

④ 他拾起地上一枝樹枝。

⑤ 他用樹枝劃着欄杆走。

聲音：（樹枝碰欄杆聲）得……

⑥ 男孩走近一朵花。

⑦ 他看看花。（花特寫）

⑧ 他看看葉。（葉特寫）

⑨ 他抬頭望一下電燈柱。

⑩ 他看遠方。

男孩：我們仍然愛這個世界。

⑪ 他持着樹枝繼續向前。

⑫ 他走到一棵樹前。

⑬ 他雙手抱樹。

男孩：喔，樹啊！

⑭ 他用臉貼在樹上。

⑮ 他雙手撫摸。

男孩：喔，樹啊，你為甚麼把手伸向天空呢？

⑯ 他看着樹。（樹枝向天特寫）

⑰ 男孩繼續前行。

⑱ 他走到一張公園椅旁。

⑲ 椅上有一張報紙。（特寫）

⑳ 他坐下。（背向我們）

㉑ 他拿起報紙。

㉒ （特寫）報紙上寫：青年人何處去？

㉓ 他放下報紙。

㉔ 他寂寞地坐在椅上。

㉕ 兩個小孩子快樂地拍着皮球走過。

㉖ 一對情侶親熱地走過。

㉗ 他寂寞地坐在椅上。（凝為硬照）

㉘ 一個母親推着嬰兒車走過。

㉙ 一個人獨自走過，手提收音機一架。

聲音：（收音機傳來的歌聲）Are you lonesome tonight?

㉚ 男孩寂寞地坐在椅上。

㉛ 男孩寂寞地坐在椅上。（正面對着我們）

㉜ （推鏡頭）男孩之眼。

㉝ （大特寫）男孩之眼。

㉞ 男孩之眼。（凝為硬照）

——劇終——

一九六六年寫；一九七〇年一月一日，《海報》。

海報 POSTER POST （第三版） 一九七〇年一月一日

劇本作品：寂寞之男
作者：西西
作品年份：一九六六年

# 寂寞之男 ◯ 西西

■序

① 一幅男孩子的照片，神情孤寂落寞。

② 一幅如此的照片，右下角排片名字幕——寂寞之男。

③ 同樣男孩的另一姿態照片，一角排演員字幕。

④ 同樣男孩的另一姿態照片，一角排演員字幕。

⑤ （推鏡頭）照片放大，畫框衝出銀幕。

■其一

① 一張男孩子的臉，和照片同。

男孩：（旁白）我是有名字的，但我不願意告訴你，因爲，我的名字並不重要，我祇是一個很平常的人。

② （鏡頭退後）男孩坐在窗前的一張椅上，面前是放書的架子，架上放着一本書。

男孩：（旁白）和任何平常的人一樣，我有一個家，和任何平常的人一樣，我每天早上起床，嗽口，吃早餐，然後背上書包上學校去。

③ 他在看書，翻過了一頁。

男孩：（旁白）在學校中，我上課，下課，下了課又上，上了課又下，然後，我就回家來，像現在這樣子，讀我的書。

④ 用手托着頭，看書，用手拿着書。

男孩：（旁白）再過一會兒，當時鐘跑得比我翻書還快時，天就黑了，然後，我吃我的晚餐，然後我再像這樣子讀我的書，然後我要洗澡，要嗽口，乖乖地上床去，明天早上起來再做同樣的事。

⑤ 他放下書本，放下托着頭的手，抬起頭來，環視屋子。

男孩：（旁白）我的家有足夠的錢，使我不必担憂甚麼。

⑥ 屋子內景物寫照之一。

男孩：（旁白）這是一間小小的屋子很溫暖。

⑦ （搖鏡頭，繞屋子一圈）景物寫照之二。

男孩：（旁白）而且，相當美麗。

⑧ 景物寫照之三。

男孩：（旁白）也許，你開始在羨慕我的環境了？

⑨ 男孩之臉（特寫）。

男孩：（旁白）別羨慕我。

⑩ 男孩坐椅上（側影）。

男孩：（旁白）我並不快樂。

⑪ 男孩子坐椅上，用手托着下吧（側影）

男孩：（旁白）我寂寞……

⑫ 男孩的臉。

男孩：我想介紹你認識幾個人。

⑬ 他站起身，走到窗前，拉開窗幃一角，可以見到廳內，有一個女孩子在彈鋼琴。

⑭ 一個女孩子在彈鋼琴。

男孩：那是我的姊妹。

⑮ 他把窗幃另一角拉起，見廳內沙發角一邊有兩個女人。

男孩：穿黑衣服的是我的母親，穿花衣服的是我的姨媽。

⑯ （廳內）兩個女人坐在沙發上，看着女孩彈鋼琴。

⑰ 女孩在彈鋼琴一姿態。

⑱ 女孩在彈鋼琴另一姿態。

⑲ 女孩彈鋼琴又一姿態，彈完。

⑳ 兩個女人拍手。

㉑ 女孩驕傲地微笑。

㉒ 兩個女人站起來。

姨媽：小玲彈得真好啊！

㉓ 女孩走過來。

女孩：姨媽，這次，我一定要彈第一。

姨媽：還用說，準是你第一的。

㉔ 母親微笑，愉快地。

母親：小玲是比她二哥聰明，我家這三個孩子，誰都用不着我費心，祇是她二哥，麻煩死了。

姨媽：讀書又不及格了吧？我看，他人是愚蠢哩！

㉕ 母親，唉氣。

母親：老二不知道爲甚麼這麼糟，你看，小玲在學校裏年年考第一，每年音樂比賽也是大個大個的銀杯捧回來，老大更不用説，讀中學，年年免費，現在大學畢業，找到一份好的工作，月薪是一千八百塊錢，老二就是死不爭氣。

㉖ 姨媽朝房間的門口看看。

㉗ 房門口一瞥。

㉘ 姨媽張張房門那邊。

姨媽：他還在裏邊？

㉙ 母親輕輕點頭。

母親：他爸説過，考試不及格，不許離開房間一步。

姨媽：請了補習先生，成績是不是好些了？

母親：人家是盡力教，但誰叫自己的兒子是個大笨虫，沒辦法教。

㉚ 小玲笑起來。

小玲：媽，爸爸説，二哥是個大飯桶。

㉛ 母親搖搖頭，唉氣。

母親：小玲，你再去練練琴去，這次再捧個銀杯回來。

㉜ 小玲側着頭。

小玲：這次獎甚麼給我？暑期帶我到日本去旅行吧！

母親：如果比賽得了第一，帶你去。

〈寂寞之男〉，一九七〇年一月一日於《海報》第三版刊載。

# 離島

她當然要嘻嘻哈哈地滑下山坡。她要拋掉鞋子跑到水溪裏去。她要瞧瞧那裏可以畫畫壁畫的牆的。她要攀上那個山頂的。她要繞繞那一條條一堆堆一群群的小街曲折的。

她就在輪渡上看《優力息斯》。輪渡窗子格格煙囱嗚嗚地。她就在輪渡上看《優力息斯》。這麼荒謬的時間，她想。是的，荒謬的事物是愈來愈多了。自從她打從學校的大門出來後，忘記了每次八十分的作文，忘記了演過莎士比亞的《威尼斯商人》，忘記了那些短襪子藍布長衫圓校徽，她就覺得世界比童話荒謬了許多。她現在還居然荒謬得看《優力息斯》。

她覺得眼睛很疲乏。都市是不需要眼睛的，它們需要感覺。此刻，她所感覺的還是無限的荒謬。不過，她到了離島了。她就是過了曲折的小街，一堆堆一群群一條條的小街曲折。她暫時放下荒謬這二個字。

「我找牧師。」她對那個小東西那個穿紅格子衣服的小東西說。「我找牧師。」他搖搖頭說「？」。他又對她搖搖頭說「！」。牧師不在。牧師不在，喔。

她還是覺得眼睛很疲乏。她走向石級那邊，升上去。他不在。喔，他這個忙人，他不在。他不在。那末他的很會笑的大嘴巴也不在。那末他的 18K 金質秀朗眼鏡也不在。那末他的跳跳躍躍的樣子也不在。她升上去，路很長。她繞向左邊，降下去，她也就自己跳跳躍躍地降下去。跳着的時候，她很容易記起一切。她當然會記得六月早晨的時光的。她自然會記得史德賽斯的歌的。她當然會記得她胸膛上的小照片的。她當然記得他寫給她的詩的。她的記憶力健康。她降下去，轉了一個彎，有一個沙灘。

她跳下去。在沙上跳呀跳呀的。這裏她來過好多次，像一年前，像二年前，像三年前。她跳呀跳呀的。這個地方的三年前還沒有被颱風打成這副壞樣子，她在三年前也還沒荒謬到要看《優力息斯》。她忽然又覺得眼睛疲乏起來。她走過去，走過了沙地，她升上去，坐在那張綠條子的長木板椅上。

上次來的時候，她坐在這裏，牧師也坐在這裏。他們碰上了總是吵架。他們總是你生我的氣我生你的氣。他們總是你原諒我我原諒你。他們總是說算了算了。於是她又覺得荒謬起來。比如她想起他。她還是覺得戀愛是荒謬的。這麼陌生的二個人（她是在七年前就認識他的了）。這麼闊大的世界（她本來並不居住在香港）。這麼無聊的時間（她寧願到電影院去看田納西）。她坐着又想想自己。她是很幸運的，她祈求上帝，上帝就答應了。她叩門，門就開了。她尋找，就找到的。她有很不壞的命運。但是，她還是覺得世界上荒謬的事物太多。住在三樓的瑪莉亞曾給她影響。她告訴她很多關於男人，壞的男人。她見到他就感到荒謬。瑪莉亞的荒謬。

坐下。是為了起來。她就站起來。轉一個圈。她跳呀跳呀地升上去。她看見那可以畫畫壁畫的牆，就想起高克多、馬蒂斯，想起 *Fantasia* 這電影。想起他的孩子氣質就像電影裏要魔術的頑皮東西。她很喜歡這種氣質。她說那是超詩人的。她走過那邊，走過一座盛開花朵的院子，她拔掉一串白花，她當它是米仔蘭，它很香，她把它插在手袋上。手袋上壓着那本《優力息斯》。

她又來到剛才升上來的路上，於是她從那裏降下去。石級石級石級。她回到小街曲折上，左邊的商店，理髮，賣布，酒樓。右邊的商店，藥材，化妝品，聖誕卡。她想起聖誕卡。她走了進去，她要了張花花金金的畫紙，「給我一條紫色的絲帶」。她說，「紫絲帶」，今年流行紫色，夏天的咖啡色皮膚，秋天的墨色絲毛絨都過去了。他們對她搖着頭，她只好要了紅的。

走回小街曲折上，東南西北。那邊有人在唱戲，咿咿嗚嗚，怪物。她坐在一塊石上，翻開《優力息斯》的第一頁，喔，聖誕節。喔。她差不多忘了，這是不可以的，她是個基督徒，四月二十七日洗的禮。二年前。就是為了他的。她差不多忘了這是不可以的。她拿筆在書上寫下，À Mon Très Cher Ami。她差點寫了個 Aim。然後包好它，結上蝴蝶。這種是女孩子應有的本領。她就回去。那個紅格子衣服的小東西站在門口。

「把這個給他」，她說，「牧師」，她掉頭走了，她忽然覺得眼睛很疲乏，天氣很冷，十二月她走到碼頭去，很冷，她相信許多東西，她當然相信天氣。

她等船來，這就是無聊的時間的例證，她想想，她只好想想，喔他不在，喔，他總是不在，他總是說她不睬他，他總是說她生氣，他總是說她不愛他，他總是一直相信她會回來。但他總是不在，她為甚麼還要不睬他，他這個不喝酒不抽煙不賭錢不打架的她的好朋友，她為甚麼還要生氣，他這個坦率努力樸實的好朋友，她為甚麼要不愛他，他這個你愛我我愛你的她的好朋友。

船上，她沒有甚麼《優力息斯》可看。她摸摸空空的手，她對自己笑笑，她總是喜歡這樣無聊地笑笑的，她沒有甚麼好想，她就想起他的母親、他的姐姐、他的妹妹，她就想起他滿架子滿架子的書，想起他的熱愛着的莫迪格里安尼的少女肖像。她忽然又覺得眼睛很疲乏。

她沒有甚麼感覺，她其實並沒有戀愛的實在的感覺，勉強當有也是夠荒謬的。但她覺得很冷、很冷，那倒是真實的。十二月，輪渡外的風迎面撞她，這麼闊大的世界，她想，她在輪渡上看到的面孔，這麼陌生的人，她想。她沒有《優力息斯》

可看，這麼無聊的時間，她想。

輪渡過了浮標，船就離開那個像個肥胖的H字的島了，她聳聳肩，這當然不算，是的，這當然不算，她是要拋掉鞋子跑到水裏去的。是的，這當然不算，她是要嘻嘻哈哈地滑下山坡的。是的，這當然不算，她是要攀上那個山頂的。是的，這當然不算，她是要瞧瞧那幅可以畫畫壁畫的牆的。是的，這當然不算，她是要繞繞那一條條一堆堆一群群的小街曲折的。是的，這當然不算，她是要去坐坐那張綠條子木板的板椅的。是的，這當然不算。是的，她說過不算她當然就是不算的。

一九六一年一月三日，《香港時報》。

# 醫者與病者

媽給我創造了兩隻手，我要給自己創造一隻。

## 一

大哥一進門，我就嚷了：

「喂，無冕皇帝，又有工作我做嗎？」大哥是個記者，又是讀者版的主編，每晚，他總帶了讀者們的信回來；我呢，我是大哥的秘書，所以，晚上免不了要幫他抄稿，甚至答一些我能夠回答的問題。

「怎麼，大畫家，今天畫得不夠，還要寫上一晚嗎？」於是他從口袋裏摸出一大堆信說：「畫東西，有得你享受哩！」

我把信捧到書桌上，於是，我和大哥面對面坐下，一面拆開了信：

「噯，大哥，你聽，我家的貓病了，有沒有方法醫治？」我一面讀一面笑了起來。

大哥也拆開了信，看完了對我説：

「這封你應付得了，十七歲的女孩子和十八歲的男孩子熱戀。」他把信放在我面前，又拆第二封。

「年紀太輕，應該努力讀書，對不對？」我已經答過不止十封這樣的信了，所以那些答覆的話幾乎背得出。

「嗯，這一封你也可以。今年二十歲，身高五呎四吋，體重一百十四磅，合不合標準。」大哥又把信遞過來，加上一句：「別弄錯，是個男的。」

接着，我和大哥拆了幾封，查了各式各樣的書，答了所有的問題。當然，那些稿全是我的手筆，我把原稿紙交給大哥的時候，他搖搖頭説：

「有個會寫東西的妹妹倒不錯，多一個幫手呵！」

「我並不好，不過我這隻手很好，它肯替你寫，如果是我，我就叫它繪畫去了。」

「看來，明天你又上甚麼地方寫生去了？」

「去到甚麼地方就寫到甚麼地方，如果我的手爭氣，寫它整整十二小時。」

## 二

一早，我收拾好了東西，很簡單，一些鉛筆，一些紙，穿上西裝褸，口袋放滿了刀片和糖。

「喔，大哥，我寫生去了。」說着，我大步地跨出了門口。

大哥還在家裏抹他的相機，我並沒有聽到他的回答，也等不及就走了。我在樓梯上三級一跳地縱了下來，簡直像飛一樣的快，多美妙的姿勢呀，要是大哥看見……啊呀？……我只覺雙腳一空，接着是空空的、空空的，我的四肢忽然地痛楚，我的腰，我的腳……我模糊了。

大哥，媽媽都站在我的身旁，我抬起頭，看見自己坐在樓梯的最下層。

「甚麼一回事，這麼大的人從樓梯上滾下來。」大哥又急又恨地責備我，卻又帶着關懷的神情。

「阿倫，要不要緊。」媽媽扶着我。

我指指我的右手，眼淚在我眼裏滿溢了。

於是，我進了醫院。

我照過X光，我的右手，手肘的骨碎了，也斷了。

他們給我封上石膏，整夜整夜，那些冰冷的石膏沉重地壓在我的胸前，我的手被血凝結成紫色，我既不能睡，也不能動，我咬緊牙關，但淚水還是在我的眼裏滴出來。

大哥每天抽空來醫院看我，朋友們，親戚們，知道的都來了，帶了橙呀、花呀，但是，我很傷心，連我平日最心愛的紅花也不看一眼，我知道，他們騙不了我，我的手完了，就算醫好，它也不能再幫我握着筆寫畫，它只能生硬地移動，以後，我永遠也不會有機會寫，寫……

## 三

兩個星期後我出院了，醫院裏人多，不能再給我留醫，我帶着石膏封着的右手和滿懷的悲哀回到自己的床上。

我望見自己牆上掛的素描，書架裏的那些畫作，痛苦得說不出一句話；大哥每天回來給我講一些令人快樂的事，我明白，他不過希望我不要太難過，可是，我沒有希望了，我的手，我的可愛的手呵！

我沒有再看一本書，我的書架掛上了厚厚的布幃，媽甚至用一些裝飾品替代了牆上的畫。我每天沉默地想，有時候哭，有時候想死，我想：我還有甚麼用？唉，我還有甚麼用呵！

石膏終於拆去了，那些綁帶吊着我的手，我試着抬抬手，它機械地動了一動，我試着握握拳頭，它麻木地沒有反應，我已經失去控制它的能力了，它不再是我的，它已經不屬於我的，它已經死去，喔，我的手，它死了。

終於所有的綁帶拆去了，我的手證明了絕望，我每天在窗前坐着，望着海，望着路上的行人，我多麼的羡慕他們的手，多麼的渴望那些能夠移動、能夠伸縮的手指；晚上，我哭着祈禱，我要求上帝給我手，給我一隻健康的好的右手，我寧願減少十年的壽命，只要我的手願意回到我的身體上，那些血液再流，那些肌肉再發動。

可是，我沒有權利挽回命運，為這我曾經怨恨上帝，恨得很深。

我沒有上街，整天地躲在家裏，我甚至怕見太陽。晚上，大哥回來了，他在書桌上工作，我對他說：

「大哥，原諒我，不能幫你了，我多麼的願意幫你。」一說着，我就哭了。

大哥總是沉默地對我苦笑，然後，談一些其他的事。

## 四

我的生活過得很沉悶，卻漸漸地沒有當初的悲觀，雖然我的痛苦並沒有減少，但是，我表面上堅強地無視於自己的悲哀，讓家裏減少一些陰暗的氣氛。我自動地幫大哥看讀者的信，用口來答，說出我的意思，我的思想偏向了沉思，對許多的問題，我都能冷靜地旁觀。當然，我本身的不幸使我對人生失了不少信心，也使我沒有了一般人能有的熱情；我對事物反而可以從另一角度看，比較能夠看得徹底，大哥開始驚異於我的冷靜，事實上，我也不知不覺地發覺自己對某些問題看得比他更深刻。由於這樣，許多瑣碎的事，大哥都徵求了我的意見才寫，我無形中和大哥變換了位置，而這時，我心中開始由激動趨於平靜，記憶力相當好。我終於回復看書，每天靜靜地看，也沒有再流淚。但是我一直沒有提起過繪畫，也沒有提起寫稿，凡是用筆的事，家裏的人都絕口不提，甚至他們把我平常放在床旁的自己刻的雕像也移走了。

我後悔了，我責備自己的粗率，為甚麼要從樓上跳下去呢？為甚麼不肯好好地走，而要三級一跳地躍下去？但我這些內疚的話不久又沉寂了，我試着想想將來。將來，我沒有將來了，我不再想，我集中思想看書，希望麻醉一下。

學校我沒有再去，同學們我也沒有告訴他們，我不要讓任何人知道，讓他們看見我的醜陋的手；還有，我的一些朋友，他們都寫稿，那時候我們一起去賽西湖旅行，是多麼美麗的日子。如今，我不要朋友了，我不能再給他們寫信，他們來的信我都擱在書桌上，讓它們漸漸地褪色。

只有一些沉默拜訪我，我每天看看報紙，學生園地上的朋友們的寫作喚起我以往的回憶，他們多幸福，我想，我一定是做過很錯的事，上帝責罰我了，我悲痛地用另一隻手撫着自己的腿，我折磨自己，一點也不珍惜自己，我這樣地對自己說：「滾吧，我可憐的生命。」我把看着的報摔在地上。

# 五

大哥回來了，家裏失去了往日的吵嚷，我用冷冷的眼望着他，他照例給了我幾封拆開了的信，我用一隻手打開了它們讀着，從來，我對一些讀者們的來信絕不感到興趣，它們給我的感覺是可笑而又可憐，但是，我忽然被其中的一封打動了心。

「編輯先生，」他寫着一手非常藝術性的字，「我是既聾而啞的人，我該怎麼辦呢？」

他帶來了很多的問題，提到了生的意義和價值，大哥照例徵求我的意見，我淡淡地答：

「叫他好好地活下去，人是要有勇氣的，雷馬克說：沒有根而生活，是需要勇氣的。」

「那末他該做些甚麼？」

「既聾而啞，大哥，他還有兩隻手，兩隻，兩隻手多麼有用。」

「但願他會成為作家或畫家對不？」大哥說完才發覺自己的話很傷我的心，我對他苦笑，沒有讓自己哭。

大哥回到桌上寫稿，他一面寫一面不時地抬頭望我，然後又望望我的手，突然，他放下了筆。

「大妹，你有耳朵也有嘴呀，你能聽也能說話，你總比這個人幸福。」他指指桌上的信，然後說：「況且，你還有另外一隻手……」他停了。

我望着自己的左手，它原來一直親切地倚靠着我的身體，那些手指活潑地跳動着。

「你吃飯的時間不是只用一隻手麼？你看書、讀信都用一隻手，大妹，試試用這隻手，你依然可以寫字，依然可以繪畫。」

我望着左手，想着。

「大妹，媽給你創造了兩隻手，你要給自己創造一隻。」大哥的話在我耳邊響着，永遠地響了下去。

## 六

我寫字了，我執着鉛筆在紙上從一二三寫起，那些字斜斜地偏向左邊，歪着，傾跌着，望着那些我多陌生的字，我歎息起來，但是，我握緊了我的手對它說：

「你不能離棄我，你不能出賣我，你要努力地工作下去，你昨天還不能執筆，今天已經會寫字了。」

於是，我每天寫，慢慢地寫，從簡單到複雜，從少到多，我能夠寫字了。

起初，那麼字全像一些象形字，漸漸，它們變得那麼熟悉，它們和我右手所寫的字沒有甚麼分別，而且，我能夠寫得更快，我把一些口字寫成一個圓圈，把三點水寫成一豎，總之，我像繪畫那樣地把字寫成了。

我於是開始寫畫，在紙上用生硬的線條寫生，寫靜物也寫動物，我每天寫一些素描，坐在窗前寫寫風景，後來，我到街上去了，我蹲在地上，把板放在膝上，用一隻手寫。於是，我回復了我正常的生活。

世界原是很大的，我再給朋友們寫信，我再寫稿，再繪畫，我也再次刻我的木刻，我的右手不能動，但它能幫我按着木板。我以往所喜歡的、我所做的都回來了。我的左手就是我的後樂園。

我學會了用左手打乒乓球、羽毛球，因為只有一隻手，它變得矯健而能幹，它甚至做到許多我的右手所不能做的事，以前，我是多麼看低了它。

有一天，我依然會游泳的，我相信我會有辦法划艇，我對家人說：

「我沒有失去手，只不過變換了位置。」是的，我的右手變成了我的左手，它只不過不適合某一些工作。如今，我用我的左手寫下這些話，它和我的右手所做的有甚麼分別呢？

大哥快回來了，今晚我會為他寫稿。

一九五九年四月二十四日，《青年樂園》。

# 她的記憶

## 一

星期日的時間裏，有一部分我要留給蘭的；她總愛在那天找我，這已經成了習慣。

照例，在某一個星期日，她穿着日本拖鞋就走了進來。她的手中拿着一些東西，是紙，上面有字的。

「Hi!」我說，「有甚麼大作沒有？」

「給你看一些比大作更有感情的東西。」她把手中的紙頁遞了過來。

「是信？」那些紙上留着很美麗的字，密密地一行行。

「不要奇怪，是情書。」她說得非常簡單。

「是不是那個？」我的意思是：她最近的一個朋友。

「誰？」

「你常常提起的，孟。」我故意裝得滿不在乎。

「很聰明。」她笑笑。

我打開了那一些紙頁，一頁一頁地看下去：

——我會永遠關懷你，無論我流浪到世界的哪一個角落。有一天，你也許會忘記我，恨我，或者永遠不再見我，永遠不給我寫信，我決不怨你，我要使你快樂、幸福，哦，但願我能了解你更多……

看到這裏，我沒看了，我再從頭看了一次，於是我對蘭說：

「有一個人在愛你了。」

「你還沒有看完。」她似乎不準備回答我的話。於是，我翻過另一頁。

——如果有一天，有一個男孩子真正地愛你，我會高興的；但是，我哭了……

我一直把信看完，沉默了好一會。

「他打算做雪尼．卡登哩！被一個人愛着，是很幸福的。」我想起了《雙城記》裏的酒鬼。

「他喜歡我，我知道。」蘭望着自己的大拇指說。

「你呢？反應良好？」

「我也喜歡他，我們的感情都很重。」她望着她的鼻子。

「恭喜你啦。」我叫起來，「哪一天，讓我見見你的他如何？」別人的喜事，我很感興趣的。

「倫，你知道，我不輕易愛上一個人的。」

「怎樣，現在可掉到井裏去了吧。」我想，不輕易又怎樣，到頭來還不是一樣被人俘虜。

「不，倫，我必須給他一個考驗；寫情書有甚麼稀奇，我見得多了，我是不會被莫名的詞藻感動的人。」

「你們都見過面，他好不好，你應該知道。」我説這句話很有點理由。

「如果他還是他，一個考驗不會叫他變質的。」蘭的視線落在我窗外的海面上了。

## 二

我已經見過孟，是不久以後的事。

有一天，我和蘭在漆咸道散步。她一路上摘了幾朵小花，把花瓣一片一片地撕下來。那是一朵朵很美麗的小紅花。

「孟好吧？」我正在想，她和孟在一起不知會不會也摘小紅花的，於是我無意地問了一句。

「沒有見他三個月了。」她又撕上一片花瓣。

「鬧翻了？」我也採了一朵小紅花。

「不，他找不到我，他的信我沒有回。」

「你很忍心，是不是？」

「我時常都太理智。缺乏青年人的衝動。」

蘭是對的，她沒有感情病。

我們沒有再說甚麼，一直走到麼地道，打算轉彎去樂宮看一場早場。

「喂！」一個人在對面馬路揮手對我們叫着，我認識那是孟，匆匆地越過馬路走過來。

「蘭！一直見不到你。我沒有開罪你吧！」他笑着。

「沒有。」蘭的答案，似乎找不到一點熱情。

「學校功課忙吧，生活得好？」他還笑着。

「好。」冷的，連感情也沒有。

「怎麼好法？」孟脱不了他的調皮的個性。

「讀書，中文、英文、抄筆記、做數學，不是好麼？」

「自己的生活呢？」孟追問。

「也好。」喔，蘭真是，好像剛從北極回來。

「寫稿、繪畫、唱歌，是不是？」他說。

「有一點，不壞吧。」她答。

「蘭，你好像不大願意理我。」他搓着自己的手心。

「我沒有這樣的感覺。」她抛了手中的一朵花。

「蘭，你很任性。孩子氣重。」

「你對了。」她抛了所有的小紅花。

「你怎麼了。」孟的眼睛裏有的是一份哀愁和憤怒。

接着是沉默。

孟送我們到了樂宮，還代我們輪了票才走。

電影還沒有開場，我忍不住了。

「蘭，你簡直不對，為甚麼不理他？」

「你以為我應該怎樣？」

「回信呀！我覺得，他很關懷你，人也不錯。」

「如果我會愛上所有關懷我的人，永遠不會有一個人真正地愛我。」她很倔強，這是她的個性。

「我希望你對愛不要用天秤稱過，當然也不好隨便接受。」

「我不打算被你說服。」她指的是第一句話。

「他說你任性，因為坦白。」

「還有，孩子氣重。對不？」

「你傷害了一個人的感情。」

「你以為我錯了？」

「為甚麼不？你和孟都大了，還鬧甚麼孩子氣。他喜歡你，你喜歡他，還考甚麼。」

「我明白你的意思。」從她這一句話，我又覺得蘭很可憐。

## 三

散場後，我們走彌敦道到碼頭去坐巴士。

「倫！」蘭對我說，「你知道孟說過永遠不恨我？」

「這是他在信中的諾言。」

「對了，看一個人是否珍惜他的諾言吧。」

我沒有說話，對於一個這樣去考驗朋友的人，我只是一個旁觀者。

晚上，我們一起回教堂。蘭有一個朋友叫甘的在教堂裏工作。以前，他們曾經有過感情的故事。那時候，彼此都幼稚，而且年輕。

似乎，蘭這一陣對甘特別好起來，我感到很意外。我憎恨所有愛情不忠的女孩子的。

回家的路上，我一句話也不說，我一直在不快樂，因為我把蘭當作最好的朋友，我很難過見到她的轉變。

蘭也沒有和我說話，她似乎也不快樂。好幾次她想和我談一些事，但是我故意避免了。

以後，星期日她也很少找我，我曾經試試寫信給她，但我不贊成她對我沉默，所以決定一個字也不給她寫。

日子過去了，許多個星期日過去了。

不知是第幾個的星期日，她來了，穿着日本拖鞋。

「Hi!」她說。

「Hi!」我循例地回答。

「看這篇稿。」她給我一張紙，從報紙上剪下來的。

那是孟寫的，諷刺一個女孩子的浪漫，是一首長詩。我很清楚，孟指的是蘭。

「他說你下流和無恥。」

「是因為我愛別的男孩子，而別的男孩子也愛我？」

「妒忌是人類的天性。」

「倫，孟說過當有一天有一個男孩子真正地愛我，他會高興？」

我想起孟給她的信，點了頭。

「他說，他要使我快樂是嗎？」

我又點了頭。

「喔，倫，看吧，說要使我快樂的人罵我下流無恥，說不惱我的人恨我、詛咒我，說有人愛我時他會快樂的人正在妒忌。倫，你相信一個人的諾言了？」

「孟有這樣的想法。」我始終有點同情孟，也可憐蘭。

「倫，你不很了解我。」蘭的眼淚流下來了。

「算了，蘭，不要想孟了，甘也好的。」

「我從不喜歡甘。想想，你會明白的。」

「原來你是為了考驗孟而和甘在一起，我的蘭，你使我難過了。」我領悟了她的考驗的計劃。

「因為我傷害了兩個人是不是？」

「忘記甘，也忘記孟對你的詛咒吧！」我除了勸她，還能做些甚麼。

蘭哭着，沒有理我的話。我重新看孟的詩一次，我實在可憐蘭了，很少人像我此刻了解她那麼深，沒有人。

「蘭，孟的詩，讓我寫信答還他。」我打算着一頓筆戰。

「不必了，他對的，這是正常的反應。」她抹乾了眼淚。

「你的意思是——」

「倫，那是一個考驗，孟及格的，而且分數很高。」

「我還不很明白。」

「我證明了他對我有真的情感，如果不，他不會這樣地罵我。」

我忽然地高興起來了，一把拉着蘭的馬尾說：

「我和你找孟去，我給你向他解釋。」

蘭拉着我的手，她的眼睛望進了我的眼睛裏。

「倫，你很天真。」她的話淒涼而抑悒。

我立刻想到有點意外。

「蘭，你怕他永遠不聽你的解釋，你怕他永遠恨你？」

「不是。」她的眼睛又紅了。

「那末，你不喜歡他了？」

「也不是。」她一面搖頭，一面抹眼淚。

「那末，去找他。」

「倫，這次的考驗，我沒有讓自己及格。」

望着蘭的滿臉的淚水，我在她的身旁坐下了。

「你連自己也考驗起來了。」

「如果不，那很不公平，我們都是人，人應該經得起考驗。而我，我找到了我的自己。」

「為甚麼不去解釋呢？」我覺得，孟不會真的怪蘭的，如果蘭不喜歡他，就不會佈置這樣的一個試場。

「人們在愛情上沒有仇恨，只有深和淺的交換。如果我們誰也沒有負起感情的債，誰也沒有權力苛責誰。」

我聽着，蘭的影子漸漸遠了。

「解釋是沒有用的，艱辛的愛雖然可貴，痛苦的記憶會使靈魂感受得更深。如果我們有記憶，我們會懷念年輕的活潑的日子，我們會想起曾經愛過的和被愛的幸福，我們會在將來的日子活得沉着、剛毅和勇敢，而在將來的日子裏，我們就懂得真正地去愛所有的人，愛我們所有的朋友。」

蘭的輪廓在我的眼中消失了，而在我的面前，浮起了很多的臉，很多的微笑。

一九五八年十二月十二日，《青年樂園》。

卻說我正在園中胡亂湊些長短句，一面獨自沉吟之際，忽見月下有二人飄然而來：前者穿繡花白襯衫，下配深紅色泡泡紗短裙，足登粉白涼鞋，細看之下，不覺喜上眉梢，來人不是別個，原來是二姐夜遊神；後者為一陌生之白衣少年，不知何許人士。正思念間，彼二人已來到面前，只聽夜遊神道：「六妹真好雅興，我等找得你好苦，卻原來躲在此間自吟自唱。你看誰人來了，怎的不迎接？」我道：「不知者不罪，二姐原諒則個，這位是誰呀？」夜遊神道：「此乃我家二叔之三公子，剛從遠道學成歸來，別字黃學：黃者，紅黃藍白黑之黃；學者，子曰『學而時習之』之學也。嗯，四弟，這是舍妹，在家中坐的是第六把交椅。」

相互見禮畢，分賓主坐下。夜遊神忽地一手執我手腕叫道：「快走。」說時遲那時快，躍起一尺多高。她這一發難，端的又快又準，事出倉卒，我一個措手不及，身子竟被帶出三尺多遠，雙雙落於草地之上。此時，那白衣少年已使出一招「八步提禪」，奔出一丈之外。我急問夜遊神道：「二姐有何要事不成？」彼道：「大哥有令，各人子時三刻齊集荔枝角，不得有誤，我等速去。」

當下三人向小路疾馳而去，一盞茶光景，已抵荔枝角。放眼望去。但見欄杆旁邊高高矮矮站了四人，除總舵主大哥外，尚有三姐飛天鵝、五哥野牧童和七妹日本公仔。總舵主道：「你等來得正好，我們起程吧。」我倏的一個箭步縱上前去，一把拉住日本公仔的馬尾道：「七妹，我們上哪裏去？」日本公仔笑道：「上山頂論劍，去也不去？」飛天鵝插嘴道：「大哥以夏日炎炎，邀我等上山消暑去也。」我道：「怎不早說了，要我着急。」夜遊神回頭笑道：「若不是四弟出的法兒，怎請得你這書獃子同行。」

眾人一路向山頂奔來，大哥不愧有總舵主之稱，腳下十分了得，起伏之間，竟把我們一眾拋後數丈之遙。當下各人也施展起「草上飛」、「涉水登萍」等超卓輕功，捷如猿猴，快如脫兔，不一刻，到得山頂之上。只見層山蒼茫，波濤如銀，星光月色，盡入眼簾，各人或坐或立，指手畫腳，雀躍不已。日本公仔把我扯到一旁道：「你瞧，飛天鵝這一姿式叫做『童子拜觀音』，野牧童使的是『仙人指路』。」我在一旁不禁拍手稱妙，哪知腳下一滑，身子斜斜的倒了下去，日本公仔「呀」的一聲搶上前來，但見前面二幢人影一掠，忽覺一手被人扯住，定睛一看，原來是總舵主使的一手絕招。各弟兄也聞訊趕到，飛天鵝道：「快使壁虎游離功。」我果然不假思索，手腳爬動起來，各人伸手一拉，把我拉了上去。回頭一看，山坡傾斜，臨下危石累累，不禁嚇出一身冷汗。野牧童哼了一聲道：「到處亂闖，不聽總舵主號令，該當何罪？」我臉如土色，一時答不上話來。日本公仔秀眉一揚道：「此事與六姐無關，是我打的主意。」野牧童屈指一算道：「你等以後將功贖罪便是。」半晌，總舵主向眾人雙手一擺道：「月白風清，山上雖好，奈危險何？我等不如盪舟去吧。」大夥兒乃一路向山下行去。

我在山上一跌之後，下山時功力大減，不時在路旁打坐養氣，飛天鵝跑來一看，原來我手腳上掛了好幾處彩，立刻從袋中掏出藥來給塗上了，並吩咐野牧童陪同押後。少頃，那白衣少年手中拿了一枝長三尺、尖端開叉的樹枝來道：「六妹，愚兄這次沒有帶得甚麼見面禮，這把金蛇劍，你收下吧。」野牧童笑道：「六妹，等舍兄下山去，我和你切磋一百個回合。」說着，揚了揚手中的牧童笛。

下得山來，總舵主備好了三艘小艇，和白衣少年登其一，飛天鵝和夜遊神上其二，野牧童、日本公仔和我坐了末一艘。艇上，舵主和白衣少年竟然在月下擺開棋局，炮二平五，馬八進七，將軍抽車的各自為營，艇也沒有人划，浮着浮着的邁了開去。飛天鵝卻詩興大發，和夜遊神大吟其五絕七律，只聽得一聲聲「長河漸落曉星沉」，和着水聲冉冉飄去。我們這艇上，日本公仔坐在船首，把雙足涉水嬉戲，口中咿咿呀呀哼起日本小調；另一邊野牧童一笛在手，嘟嘟的的，卻道：「我這天魔舞曲可不壞吧！」我但覺耳邊槳聲曳曳，流水潺潺，心中一樂，霎眼間，可真不知人間何世。

忽然，野牧童道：「六妹，我和你拆三招。」我一想不妙，忙道：「五當家的，我服輸了。」野牧童大笑道：「怎麼服輸法？」我道：「你的笛內有暗器。」野牧童笑道：「我不使暗青子便是。」我急道：「我也不比。」野牧童道：「你豈不折辱了這把金蛇劍？」我一想，道：「我們文比如何？你說一招，我答一招。」野牧童拍手道：「也沒有甚麼個不好。論輩分我是你五哥，你且接招，我這第一招是天女散花。」我答：「我左手用一招白露橫江，右手葉底翻花，足下踏坤位，出離位。」野牧童道：「我再出毒蛇出洞。」我答：「血鳥歸林如何？」他道：「我使蛤蟆功啦！」我笑道：「我有青蛙功。」野牧童急道：「我這一招點中你的笑穴。」言畢，一笛向我腰際點將過來，我當下向左一擺，艇一搖，野牧童連人帶笛摔倒艇上，日本公仔卻險些掉下水去。我不禁拍手大笑。此時，各艇也駛近來，只見野牧童一個「鯉魚打挺」跳了起來道：「想我身為牧童，一派掌門，英雄一世，反而栽在一個女娃子手裏。」日本公仔道：「自古文人皆自傲，從來俠士總稱雄，你一世狗熊才真……」言罷，各人笑將起來。白衣少年朗聲道：「五弟休氣，六妹栽了。」我一愕，總舵主道：「彼已擊中你之笑穴矣，是耶非耶？」飛天鵝道：「如此說來，我等豈不是也栽在他手中？」野牧童不覺意氣洋洋，一手持笛又湊在嘴邊吹將起來。

少頃，總舵主囑各人把艇一字排開，劃下道兒來比賽，一聲呼嘯，但見水蛇浸舞，木槳橫飛。果然好一場廝鬥，良久，想是大哥的艇人少，又是男子漢把的舵，所以得了個第一，我們這艇搶了末彩，野牧童一聲長歎，徒呼負負不已。各艇盪漾良久，夜遊神並唱了個歌兒，飛天鵝也說了個「洛神」的故事，一時談笑之間，意興甚濃。正在逸興橫飛之際，舵主一聲號令，各人不得已乃盪舟泊岸，時值月上中天，眾人在岸邊佇立片刻，向大道連袂揚長西去。正是：消暑來乎？避暑去也。欲知後事如何，且看下回分解。

一九五八年八月二十九日，《青年樂園》。

編者按：此篇，戲仿武俠小說，前言填了一闋〈賀新郎〉云：「這一回」，但文字殘損嚴重，難以卒讀，只好刪去。

# 和孩子們一起歌唱

我坐，是為了要站立；
躺下，是為了要起來；
休息，是為了要走更長的路。

——白朗寧

## 一

走在寂靜的路上，我一個人。

孩子們的笑聲又近了；那些親切的臉、熟稔的臉啊！那些純摯的忠誠的眼睛。

我記得所有的她們的天真的話語，她們的童稚的笑容；在一些黯淡的破裂的布帛裏裹着的，是這麼一群蓬勃的靈魂；她們熱愛生命，她們有不屈的希望。近來，每一次走在這條路上，我總感到自己的懦弱，我總覺得：在這些坦誠的靈魂的面前，我貢獻了多少呢？我也曾經問自己，我愛她們究竟有多深？

我第一次上天台的時候，沒有帶着愛，也沒有帶着友誼；在那裏，一群孩子第一次站在我的前面；陌生地佇立，陌生地凝望；她們有太髒的衣服，有太蒼白的臉孔。這一堆零亂的孩子，有的高，有的矮，有的才六歲，有的已經十多歲，沒有紀律，也不守規則，她們的生活是打架、吵鬧、爭奪，她們慣於從家裏取了菜刀和木棍彼此攻擊；這就是生活，我所目擊的她們的生活——現實的生活。我找不到一點的興趣，但是，我終於留下了。

我開始了我的工作，教她們讀讀書、寫寫字，我曾經責罰過她們、斥罵過她們，我不知道這些小心靈裏正需要愛和關懷。我種下的是沒有感情的種子，但是，我的收穫正是相反，因此，也曾奠定了我承認自己的錯誤的基石。孩子們愛我、關懷我、信任我，她們天真地給我講自己的興趣，她們幻想着許多絢美的明天。

曾經有一次，我病了，她們要求我休息，她們圍着我替我擋住風，她們從天台跑到樓下去給我買藥，然後又經過七樓回到天台上來。她們已經漸漸地不再打架，又學會了說「謝謝」；她們常送我一些泥娃娃，有時送我一兩幅圖畫。我曾經討厭過的、輕視過的、疏忽過的孩子們卻沒有離開我。

我曾經多麼的辜負了她們的期望！

## 二

我就上了七樓了。我已經走完了剛才的靜寂的路。

「噯，張姑娘來了。」

「張姑娘，早晨！」

「今天講故事嗎？張姑娘。」

「張姑娘，今天我們再唱歌好不好？」

「我說，最好是寫字。」

「張姑娘，我替妳開門。」

這一群小孩子又把我圍住了，我把鎖匙交給了那個梳長辮子的女孩子，門很快地就開了。

「現在，大家上天台去。」

「張姑娘說：我們大家一起上天台去。」

所有的小腳都移動了，笑聲隨着她們一起升上去。我回進了七樓的小室，整理了一下桌椅，拿了一疊簿子，然後，拉上門，走上天台。孩子們都已經坐好了，習慣使她們明白了自己的工作，她們懂得抹乾淨自己的凳子，又會吹走桌上的灰塵。

我放下簿子，走到她們中間，許多的眼睛都望着我了，我在默數着人數。

「張姑娘，阿芬沒有來，她的媽媽生了病，她要留在家裏看小弟弟。」

「大牛今天跟她爸爸賣菜去了，她們二個都沒有來，其餘的都在這裏。」

「今天，我們先唱歌吧！好不好？」

「張姑娘，唱烘燒餅。」

「那麼，我們一齊唱：一二三！」

我開始指揮了，她們唱，歌聲在天台上響起來，風在吹，我們只唱着自己的歌；我也唱，她們的聲音淹蓋了我的，我只看到自己的手在動；在我的眼前是許多的眼睛、許多的口；我們唱着，一個歌唱完了又一個，我望着她們，她們也望着我；這些臉不是二年前的臉麼？那個拿菜刀打架的劉妹不是正坐在我的前面麼？這些日子裏，我們的歌聲由散亂到統一，由零落到和諧，是的，二年了，我們已經不再陌生，二年來，我們逐漸地從不相識到熟稔，從厭惡到了解，以後，我們還會永遠生活下去，每天一起唱歌……

一個歌又唱完了；她們興奮地拍着手。

「張姑娘，再教我們一個新的歌。」

「我已經說過明天教的，現在，我們寫字吧！大家排了隊到那邊桌子上去拿簿子。」

墨盒開了，筆在動了，那個最年輕的孩子在寫鉛筆的「人」字，那個八歲的在寫「上大人」，有的寫木字邊的字，有的在抄書。她們很靜，就好像進了一間圖書館。我於是又在她們中間走來走去，這些日子裏，我已經不再對她們感到陌生，我已經對她們產生了興趣；我覺得，我要為她們好好地工作，我要做她們的好朋友。

我一面走，一面望着她們寫字的姿態，我已經認識她們中的任何一個，我知道貓兒是最愛哭的，小輝是字寫得最好的，慧明是最喜歡看書的；我不只是認識她們，我還熟悉她們的父母，我記得我探訪美英的家時，她媽媽倒了一杯開水給我說：

「張姑娘，我們家裏窮，茶葉是買不起的，喝杯開水吧！」

我探訪晶晶的爸爸時，他告訴了我他一生中的不幸，貧苦一直纏繞着他，他希望我好好地照顧晶晶，因為他沒有錢讓她有機會進學校。

華兒的哥哥是跛子，自卑地躲在家裏，卻粗暴地對待自己的弟妹；還有，阿芬的媽媽是個賭徒，好不容易才說服她讓阿芬上天台讀書……這些都是我四周的現實的情況，而這一群本來是無辜的孩子，卻認識得比我深……我想起了我的責任。

我走着，晶晶正在印「水不在深，有龍則靈」的字格，偶然地抬起點頭，笑了。

「張姑娘，我寫得好不好？」

我點點頭。

許多的孩子都交了卷了，我讓其他的孩子們繼續寫字，便和幾個寫好了的到七樓去煮牛奶，孩子們幫助我運水、搗奶粉、生火、洗鍋子；她們都是合作的，負責的，活躍的，有信心的，當一個人從她們那裏得到了信心之後，這信心便永遠也不會失落。

牛奶煮好時，我跟她們排了隊用自己的杯子盛滿了來飲，這時，她們站在天台的每一處，有的坐在地上，有的喝完了又再排隊，她們笑呀、叫呀，有的還在唱歌……再回到座位上的時候，我教了她們一節國語，她們用心地聽、高興地讀，很快就能夠背誦了。我又給她們講了醜小鴨的故事，我講着，想起了所有的平凡的生命和這群不幸的孩子。醜小鴨有一天變了天鵝了，這一群小孩子呢？她們中間有幾個可以進學校，有幾個可以生活得比上一代幸福？

## 三

下午，開始了我們的閱讀的時間。

她們靜靜地翻看自己心愛的書籍，而我，我就在一邊開始着手寫一個劇本。是的，孩子們不但要會讀、會寫，還要會思想、會發表，我希望她們能夠表演她們自己的生活裏所熟悉的事……我寫着、寫着……慧明走了過來。

「張姑娘，人魚公主為甚麼不殺掉那個王子呢？她自己卻死了，多麼可惜呀！」

「慧明，人魚公主沒有死，她上天堂去了。」

「天堂在哪裏呢？」

「天堂在世界上最美麗的地方，是在天上，但是，我們每個人都有天堂，那天堂是在我們自己的心裏，當一個人感到快樂的時候，當一個人覺得自己所做的事情是有意義的、是對的時候，他就是生活在天堂裏了。」

慧明望望我，走開了；我知道，她並不很明白我的意思，但是，有一天，當她長大了，她也許會明白的。

我繼續寫我的劇本，我寫着最平凡的故事，我想起了大衛．科波菲爾、約翰．克利斯朵夫、奧利華．脱威斯脱，我也想起了湯．莎耶、黑克比利．芬……

很久，很久，孩子們有的看完書了，她們開始在繡花，打乒乓球，澆澆那幾棵仙人掌，下午的工作是自由的，我希望孩子們能夠選擇自己喜歡的工作。我叫她們跳繩、拍皮球、玩跳棋，而我，我放下了思想，改了一些簿子，孩子們的字寫得好多了，有的簿子的墨還是化開來，有的簿子已經不會一頁頁地散落。

生活在一起是一件愉快的工作，我改完了簿子，開始和她們一起玩「捉迷藏」、「猜領袖」、「找手帕」、「吹大風」這些遊戲，笑聲在昇華，我覺得我比以前更年輕、更快樂……

我們循例掃地、抹桌子、收拾書桌、抹黑板、洗鍋子，而當這些都完了，我們都知道，我們要明天再見了。

我們一起回到七樓，鎖上了天台的門。我把簿子鎖進了七樓的一個小櫥裏。

「張姑娘，明天見。」

「張姑娘，妳說過明天教我們唱歌。」

「張姑娘，媽媽說，有空到我們家裏去玩。」

「張姑娘，我送妳下去，我住在二樓。」

「張姑娘……」

她們的手拉着我的衣服，有的在一邊向我招手，樓梯上擠滿了人，分不清誰的聲音是屬於誰的。

「張姑娘，放學了！」那是剛上樓的「大眼睛」的爸爸。

「放工了？徐先生。」

「張姑娘，明天早些來啊；妳辛苦了，阿花呢？」

「爸爸，我在這裏，我們剛放學。」是大眼睛阿花的聲音。

於是，到了樓下，說了無數聲的明天見，走完了長長的梯級，笑聲逐漸地遠了，我又來到了靜寂的路上。

我再一次發現我生活在這個世界上並不是孤獨的，我知道，愛過我的，並不只有一個人，而我愛過的人，也已經不再是一個。

我出來的時候，晨曦正在我的頭上，天空是高而澄清的；現在，我已經看得見有星，我也看得見不同色澤的燈火，來自高高低低的窗戶。

二年了，我走着同樣的路，從晨曦到落日，從星天到朝陽，有過打風的日子，有過陰冷的日子，每天走着同樣的路，每天過着同樣的生活，但是二年前的生活，二年前的觀感和思想，二年前的愛和今天的是多麼不同。

明天，我還會再走同樣的一條路，我還會見這一群天真的孩子，我要給她們再講故事，再教新歌；明天，我有這麼多的明天，在將來的明天裏，我要告訴她們世界上充滿着愛，而在將來的明天裏，我永遠是她們的真正朋友——真正的朋友！

一九五八年四月十一日，《青年樂園》。

# 情感篇

「孩子，控制你的情感吧！」

「青年人，控制你的情感吧！」

誰在這樣地呼喊？我戰慄了。

我是情感的忠實信徒，我不能讓自己對信仰叛逆。

清楚地，我認得：我尊崇情感，我珍惜情感。是的，我說過：我要讓自己的情感得到完整的自由，我要讓它自由地飛，在那如今還是蔚藍的天空。

多少日子裏，我用心靈的眼睛看到自己的情感打開了桎梏，對我微笑，從那裏，我得到的是和諧。

當情感在我面前任意地馳騁，那平原，是一幅多麼廣闊的土地。我那年輕的生命是多麼的嚮往一份美麗的幻想。於是，我的情感帶領着我，越過了崎嶇的山崗，幽谷裏，野花開放得比昔日更燦爛。

這是一頁溫馨的回憶。

但是，情感是有它的生命的，正如一切的生命一樣，它得經歷塵世的苦難。為這，我的情感遭受了摧殘，暴風雨把它打擊了，黑暗把它吞沒了，它從晴朗的天空中墮落下來，它的翅斷了，再也不能高飛。

我用自己的淚輕抹它的傷痕，我把它平靜地安放在自己的心裏；在那裏，我希望它成長，我希望它長得更美麗、更豐盛。的確，日子栽培了一切，我的情感的傷痕平復了，又有了翅膀，它又可以高飛了。

只是，我關閉了自己的心，我把情感幽禁在裏面，我怕它再一次負上傷回到我的面前。我清楚，一個人的情感是不能忍受太多創傷的。於是，我的情感在心內哭泣了。沒有人再看見我笑；我粉碎了自己的歡樂，這些，我的情感同情我，它關懷我，但是，我埋葬了它。

我以為，我控制了自己的情感。

我的情感在我心內吶喊着，我麻木了。

一夜，我終於允許自己再一次流淚；於是，淚水從我的眼睛裏爬下來。突然，我的心被一股力量衝開了，情感從裏面飛了出來，我看到情感在我面前的微笑；一剎那間，我明白：當一個火山將要迸發出火花的時候，是人力所不能遏止的。

於是，我釋放了我的情感，我讓它自由地飛，我清楚，適當的自由是不需要法律制裁的，我的心不再是情感的牢獄。但是，正如每一個人都有缺憾一樣，我的情感也有盲目的日子，它變得放縱，它愛自由；太多的自由使它忘卻了自己是心的孩子。

「孩子，控制你的情感吧！」

「青年人，控制你的情感吧！」

又是誰在呼喊了。束縛我的情感吧！

我想。可是，我不允許自己用牢獄的方式來解決我的朋友的錯誤。我拋掉了我的鎖鏈。沉默裏，我把情感喚到自己的身旁，我要它陪我談一些往事，我要它陪我一起憧憬將來。我要它珍惜別人的情感，就像我珍重它一樣，於是，它隨着我的墨水一起奔流着，就像一條活躍的小河。

我的情感有了新天地，在那裏，它的思想更豐富，它的力量更充實，它有比以前更活躍的日子。

在沉默和沉默發洩的過程中，逐漸地，我的情感平靜了。

我的墨水在流，我的情感在流液中馳騁，原野是一片廣闊的土地，山崗上有積雪，幽谷裏有無數不知名的鮮艷的小花。

和諧——它的名字是智慧。

一九五七年一月四日，《中國學生周報》。

# 醒喲，夢戀的騎士！

只一朵單純的祝福，一朵
寄予我的白色的小花
當月鈎又輕吻夜雲
湖旁的水仙又輕盪
於是，我又一次，一樣地
悄悄，悄悄，離開了
長遍野草的墓碑
如今，在不眠的夜，許多夜
我的足踏上濃色的整個影子
我愛上，重吟湖畔的歌

—

丹米拉騎上他的高駿的白馬，揚起了鞭，一團沙塵飛起來，遠了，他深紅色的披肩。

「啊！我再也不慣，給緊鎖在那無聲的荒漠，我的古堡是這樣靜寂，鎖住吧！那酷情的門，縱使門內有星有月，有湖水偎依着堤岸，有永青的樹芽；我必須告別，告別那書本溫柔的召喚，那鋪上羽毛的床，我的心在跳了，我的細胞在叛逆，征服我，這懦弱的騎士；我的夢在向我曳手，去了，去追逐我夢中烏黑的長髮，那星星的眸子；我離去，再不留戀那古堡的寂寞！」

丹米拉沿着幽月的光，馳騁在起伏的山巒。

「可敬的丹米拉騎士晚安！」

「是誰啊？可容許我一見，妳的嬌美的聲音使我憧憬着妳的美，可容許我一見，可容許我憶念着夢中的安琪？」

「我可敬的丹米拉騎士，我是狄安娜——森林和月亮的女神。夜網是我的長髮，星是我的眸子，晚風中有我給你的音訊。」

「嘿，我敬愛的狄安娜神，我不慣於古堡的沉悶，我的夢在搖動我，告訴我吧，妳的權力和大能可以讓我知道，我夢的邊緣在哪裏？」

「我聽到許許多多相同的生命對我這樣地祈求，喔，丹米拉騎士，你的夢可和他們一樣？」

「我敬愛的狄安娜神喲，我的心被熱情所充滿，我的生命創造了我的青春，我迷戀了。我的夢中有過烏黑的柔髮，有過星星的眸子，神喲！可願指示我第一個前進的步伐？」

「騎士喲！你夢中誕生了最美的生命，你祈求一個美麗的女神。騎士喲！在這美神的夢，你可有別一些的追逐？」

「神喲，允許我說吧！我有那麼豐富的田莊，我的古堡中藏有絕世的財寶，我自身被封為勇武的騎士，我的書本指示我懂得繪畫和寫詩；而這喲，我有着他人沒有的，我的生活中就缺少一位美麗的女神。」

「我的騎士，你的才華和富貴使你這般傲慢。騎士喲！愛在你的面前必成了奢侈。啊！把一位美麗的女神給你點綴生命的寂寞，愛情竟是這樣的卑鄙。」

「神喲！我聽到妳的話。啊！對我絕不是卑鄙，我給生命的脈搏牽引，我的夢攻擊我，仁慈的狄安娜神，允許我吧！我的足跡應遍印在哪裏？」

「騎士喲，我願指示你的旅程，向東吧，從你腳下的土地，在遙遠遙遠的東邊，是那茂盛的森林，那裏臥着年輕的妮妲亞，她的頭髮烏黑得像我的夜網，她的眸子明澈得像我的星星，她被稱為不泯的美麗、永恆的靈魂。」

「我的夢中有這樣的圖案，有這樣的浮雕，摯愛的狄安娜神喲！妳的話激動了我，我心的歡娛創造了我。喔，我的夢催促我立刻起程，暫別了，神喲！我的心給妳真摯的感激。」

「騎士喲！生命在心腔內迸出了希望，採用你的智慧，夢的門才為你洞開，不要迷戀那偶然的思潮。不要啊！把愛情當作花朵，縱此刻鮮艷如火，不久將遭踐踏；祝福你喲！我的星星將為你照路，我的風為你低唱夜歌。」

丹米拉的馬向着東面的草原。

「啊，青春，啊，生命，我的足跡遍佈遙遠的森林，我將凝視那星星的眸子，撫摸那柔美的長髮，我的古堡將永不再寂寞。當我回來，馬上揹着我夢中的維納斯，於是我不再度着，度着怨艾的光年。」

## 二

在長綠的森林裏，妮妲亞多姿的舞蹈着，伴着她的有三顆奇異的星辰。

「我們敬愛的森林女后妮妲亞，縱白晝夜晚循着軌跡消長，我們見妳不泯的姿容；像小草活潑的生命，如野花常散着芬芳。在妳的旁邊，生命幻成一朵奇妙的花蕾，希望是永不乾涸的甘泉。」

「我的兄弟，我的姐妹，我的腳踏綠色的生命，我的裙邊鑲砌着小花；在這寬闊的林子，雖被稱為女后，啊！我心永遠沉緬，甚麼是我的快活，甚麼是我感情的生命？」

「我們敬愛的妮妲亞女神，妳的光耀在我們的國度，我們，星辰、森林、花草，羨慕妳的烏黑的柔髮，妳的星星的眸子。妳的笑容創造了我們的喜悅，妳的悲哀帶給我們恐懼，妳的舞蹈帶給我們和平。」

妮妲亞停了舞蹈，坐在青青的草上，三顆星照耀着她。森林靜了下來。

「我是寂寞！啊！我又能得些甚麼？我的烏黑的頭髮、星星的眸子，這對我又有甚麼意義？我就徘徊在這冷漠的森林，我的鼻息呼吸到森林外面的奇馨，我知道那兒有和我相同的生物，我必須離開這裏！假如生命只是盡情的享樂，備受別人的讚美，我，妮妲亞呀！這點綴森林的花！」

「我敬愛的妮妲亞后喲，妳心這樣悲哀，假如妳離開這森林，這裏將沒有愉快和希望；我們的女后留住吧！這裏沒有妳心底的生物，這裏卻有和平。」

「我不祈求這份死寂的和平，生命中應激起戰勝荊棘的浪花，我不願被束縛在一個沒有情摯的生命裏，自由呀，我必須離去，回到有人的地方。」

「我年輕美麗的姑娘，我頌美的妮妲亞，我聽到妳心底的衷言，我將給妳祈求的滿足。」

「啊！我聽到妳的聲音，我知道我敬愛的狄安娜神，是妳又在為我說話，告訴我吧，我的神，我的心這樣不安寧，我的光彩令我並不快樂，森林中沉默得令我可怕，星星可以安慰我，卻不能告訴我我祈求的一切。神喲！我終於聽到妳的呼喚，我的心又在跳了，我是多麼的愉快，我又是多麼的躁煩啊！」

「可愛的妮妲亞，靜下吧，我清楚妳已憂悒，妮妲亞，生命中有數不清的偶然，聽我說吧！妳將會見到，和妳同樣生命的生物，一個英俊的騎士，他的馬載着愛慕妳的他到來，他有雄偉的體格，他有秀稚的面龐，和妳一樣，他擁有他的美，他的足跡將走近妳的森林。」

「我摯愛的狄安娜神喲！這將是絕大的喜訊，我終能見到和我相同的生物，可是啊！我從未見過騎士的風度，我從來未見過人的形相，神喲！我該怎樣歡迎他？」

「祝福妳，美麗的孩子，你將永不再怨懟森林中的沉寂，也將不會覺得憂傷。

妮妲亞，來吧！我將指導妳，這裏是我的森林，聽我的話，妳將會內心充滿了永恆的快樂，記住！不要盲目地相信愛情。不要啊！不要受妳的情感的操縱。」

「神喲！我願遵從妳的意旨，我把我的感情交託在妳的手中，我的心已經抑不住猛跳，我竟這樣地戰慄，我還能說些甚麼？」

「妮妲亞，忠於妳的生命，照我的吩咐去做，我美麗的姑娘，妳的騎士將要到了……」

## 三

「我的馬，我的劍，我的披肩，啊，這就是茂美的樹林，我的夢……」

「丹米拉騎士，我熟悉的名字，我是妮妲亞的第一顆星辰，啊，我們的騎士，拜訪我們的主人？」

「我來，為妮妲亞的美名！我擁有一座雄偉的城堡，我擁有數不清的珍藏！」

「騎士喲！回去吧！假如你拿物質的誘惑，想換取我們美麗的妮妲亞，你將在她前面失敗！妮妲亞是一位天使！」

「啊，我竟顯得這樣渺小，我的妮妲亞，可憐的丹米拉騎士啊！你的城堡，你塵世的浮華又算得甚麼？然而啊！我的朋友，帶我見你的主，我還有甚麼方法？」

「捨棄你的城堡吧！以一點真誠去拜謁美麗的女后，跨下你的馬，脫下你鮮艷的服飾；你的冠冕只能在人間國度榮耀，你的劍使你失去和平，你騎士的稱號，並不使妮妲亞喜悅。」

「為我愛的妮妲亞，我願意捨棄我的一切，因為我決不能空手回去，那寂寞的古堡將使我窒息。」

丹米拉成為普通的人，他不再是騎士。

「喔，丹米拉，我是妮妲亞的第二顆星辰，來賓喲！貧乏的丹米拉，你還帶了甚麼來見我的主人？」

「喔，我的朋友，你笑我貧乏了？當你知道，我是多麼愛着妮妲亞，你會清楚；縱然我已經沒有可獻的，告訴妮妲亞吧！我有強健的體格，我有勇武的膽量，我的劍術超過所有的武士。」

「來賓喲！你體格的強健，卻比不上森林的軀體，你的劍比不上一顆流星。」

「這不是我所能稱強的？我知道我的確配不上美麗的妮姮亞，我的朋友，可有甚麼方法令我見妮姮亞呢？」

「我的來賓丹米拉，收斂你自稱勝人的天賦吧！在妮姮亞的前面，要沒有驕傲的！」

「妮姮亞是多麼的奇異，這美麗的名曾瘋魔了我，我的確消失了我的勇氣，此刻，我懦弱得比騎士的童僕都不如，我如今才知道，我曾經多麼的盲目。」

丹米拉頹喪地坐下了，剎那的他，變成了一個自卑的騎士。

「丹米拉，我的朋友，我是妮姮亞的第三顆星辰，看你呀，又貧又弱，你要奉獻甚麼？」

「我的朋友，告訴妮姮亞吧！我愛得罪惡！我如今愛妮姮亞，完全真誠，我的心愛浸在她的名。奉獻的，我沒有；我愛妮姮亞，拿我心，我的靈魂。」

「我相信你的話是真的，我的來賓跟我來吧！我將使你得見美后妮妲亞。」

## 四

丹米拉穿過森林，見到美麗的妮妲亞斜臥在青草上，她的旁邊，有三顆奇異的星辰。

「這就是我夢中的軌跡，我終於見到我的所愛，啊，我親愛的妮妲亞，我夢中的安琪，你的丹米拉來到妳的面前，我是這樣愛妳，以永不轉移的摯情；妳的光彩使我眩目，妳的美名在我的夢中證實，我願多凝視妳一眼，我將感到無盡的快樂。」

「我似乎也聽到過有這樣的名稱，你的話令我煩膩，美麗的謊言我編得比你動聽，甜蜜的語言，換不到我的同情。我懂得甚麼是真摯，甚麼是虛偽，走吧！丹米拉，我的國度裏不允許你的身影；你只懂得迷戀與陶醉，就憑這盲目的剎那，激動你心的波浪，以美來作愛情的原始，連愛情都模糊的騎士！」

「當一切真的表達出來，往往就被認作虛偽。我清楚我的詞藻在妳面前顯得遲滯，然而，我親愛的妮姮亞，我的確愛上了妳！」

「我們的客，你的話是多餘的，你的愛狹隘，你為我的名而來。喔，客喲，我可以使你滿足，我有星星可以給你帶走，我有長髮可以給你剪去，至於我，妮姮亞卻不是你的所愛。」

「妮姮亞后喲！我已知我盲目地為妳而來，如今，我卻為愛妳而愛，我不再為妳外表的美，我要說喲，妮姮亞，我愛你更多。」

「所有為我的名而來的都這樣說，都太平凡。丹米拉！如你為愛而來，必有所奉獻。」

「我的妮姮亞后喲！我將要對妳說：愛情不是單方面的獲取，金錢在它的面前是罪惡，物質在它面前是累贅。」

「客喲！假如我愛你，我將隨你去。客喲！我將居住在哪裏？沒有屋子，也沒有金錢，難道你帶我去過流浪的生涯？」

「我的妮姮亞喲！愛情必須有犧牲，假如妳愛我，妳願和我一起，艱苦就是快樂呀！」

「我的客，你說你愛我，愛得深。但是客喲！我從不這樣想過！你對愛情的認識比我深？」

「妮妲亞后喲！我真誠地說：我不勉強妳，我知道我會得到真正的愛情，我清楚我已不搜尋我的夢。雖然我來，我的觀念完全錯誤，而這些，我已捨棄了。」

「客！離去吧！我從不愛你，你的思想愚劣，你的軀幹還不如我林子的枝椏，啊，離去吧！」

妮妲亞走了，留下丹米拉和一顆星。

「我從不覺得我失敗，如今我已不崇拜妮妲亞，她的美名不能陶醉我，縱我失敗回去，我心安樂。我的愛情，我的夢，不是聯在一個終點，啊！美的其實是她的靈魂。」

「我可敬的丹米拉騎士喲！我是狄安娜，你的話感動了我，你已經明白，美麗的只能為了點綴。不要啊！盲目地崇拜偶像；騎士喲！向西邊走吧！你的古堡依然無恙，在森林的盡頭，有你的馬，你的劍，你所祈求的；晚安啊！祝福你，我的可敬的丹米拉騎士。」

丹米拉走出森林，他見到他的馬，旁邊立着美麗的妮姐亞。

「我親愛的騎士，我的神狄安娜吩咐我這樣，為證實你對我有真正的愛情，騎士，我認你的名，在你來到森林的時候。」

月光下馬在跑，馬上有丹米拉和妮姐亞。

一九五五年八月一日，《詩朵》。

# 春聲

靜和夜同時來到了這一帶寂寞的樹林。

樹林沉默統治了一切；在樹林中的上面，是那淡紫色的天空，月亮正散佈着一片柔和的光流，在光流中，一朵朵青灰色的雲航行着，像神話中的海船一樣幽秘與神奇。

她漫步在林中，穿過蜿蜒的小徑，來到小河的旁邊，月光下面泛起漪漣，偶而有幾滴較大的水點飛到遠遠的河面上，激起了一個個圓形的波紋，推送到河邊的草叢裏；那兒，小草在微風中搖動，她知道：草兒已經青了。

霧無聲地在幾千顆幽靜的生命中升了起來，她站着，凝視着發光的水面，她迷戀於那河水相撞而起的水花，逐漸捲進了漩渦，沉下了，一個個水泡升了起來；她聽到淙淙的河水在歌唱，她彷彿呼吸到一個男子的氣息，她的嘴唇在動，她的眼睛放射出一種罕有的光芒。

驀地裏，河面浮起了棉絮的煙雲，她驚喜地屏息望着；她不敢眨眼，她怕那熟稔的輪廓會在一剎那間溜去；她的心不自禁地猛跳起來，她用夢樣的眼睛盯住它，它在動，動得像他，啊！是他，他在笑，在搖頭，在沉思，在祈求，他的英俊的影子在河面上動，那優美的動作依然像昔日在舞台上一樣地瀟灑……她彷彿也聽到他的靈魂悽婉地唱，她傾聽着，心底發出了共鳴……

在夢中我乘上詩艇，輕泛在紅色多瑙河？
任翻飛的蘆花向我低吟驪歌
黯慘的靈魂塗上羅曼蒂克的一層
躍動的心在暖流中汩汩吟哦
遠去，飛馳在感情的旅程
一片落花掠過艇邊，怨語沉沉：

——半破碎的心擁有舊恨
是誰踐踏維納斯的花圃？
銀白的花瓣斑斑血痕
沙啞的喉嚨唱出迷惑的音符
夜幕疏落地緩緩垂下
蔚藍的天茁長紫色的彩芽
片片霞影，數點寒星
河面披上黑色的蟬紗
小艇在夜夢中航行

猛然，一件沉重的東西跌進了河裏，河面上掀起了一片閃爍的水花，漸漸地，一切又歸於原始的寧靜；河面上悄悄地，沒有人影，沒有歌聲，一片漆黑淡淡的霧浮着。

「嵐！」她對河面狂呼着，靜靜地，河水在低唱。

她又失去了他，她彷彿又見到他的身子在搖曳，他的臉青了，他的胸膛流着血，他掙扎，最後，倒進了小河；河水淹沒了他半個身子，水泡浮起在河面，夾着他的絕望的呻吟……

「嵐！回來啊！我愛你，我永遠是屬於你的，我的靈魂，我的一切！」她的聲音嘶啞了，她的淚水濕透了衣襟，眼前的景物更朦朧……

她頹喪地坐了下來，把自己的臉埋在冰冷的草裏，她沒有遐思，沒有憧憬，遐思都已逝去，憧憬也只不過是雲煙；然而，她有夢，那是一個多麼深邃的夢啊！她又浮進了夢裏，重遊於夢的傷感的旅程……

「夜，美麗的心，清幽的夜，她失眠，瑣碎煩膩的心驅使她扭亮了枱燈，攤開他的來信，她低誦着，她的心隨着那雄偉的字跡在跳動，她的情感隨着那動人的詞藻起伏着，她在他的抒情詩篇摸索到一份微渺的感情，於是，她酣眠在他的愛裏。」

……

離別，就是擁抱着那麼多訴不盡的衷情，流不完的眼淚。

為了祖國的苦難，誰也不願兼顧私人的愛情，那末，當凱歌為他而奏的時候——她期待着。

……

啊！天地在旋轉，一切都在轉，世界就是那麼地混沌，一切都是灰色的，灰色的宇宙，灰色的人生。

……

他死了——死在殘酷的戰場，她期待的酬報是喪歌與葬曲。

……

為家，為愛，他——一個非常愛她的男子——擁有了她，在她自己，一切都已是虛無，她進了一個虛無的世界，沒有熾心，沒有愛情；她像一朵憔悴了的玫瑰，只剩下了一縷餘香；生命在她是一泓死水，永不流動；愛情在她是冬日的寒風，她對自己的丈夫除了些微的憐憫之外，就像荒野一樣的落寂。

……

日子是河水，流、流、無盡地流。

在流動的人叢中，嵐無恙地歸來。

……

啊！人類永遠是時間的奴隸，相對無言，淚水洗不了心底的悲哀。

這是永恆的一夜，他約她相見在河邊。

她告訴他她已不再屬於他了，但她愛他；他苦笑了，他知道誰是她的丈夫，希望她愛自己的丈夫，他告訴她，愛是一種施與，卻不是享受。

「砰！」的一聲，一顆來自林間的子彈穿進了他的胸膛，她見到他的身子在搖曳，他的臉青了，他的胸膛流着血，他掙扎，最後，倒進了小河；河水淹沒了他半個身子，水泡浮起在河面，夾着他的絕望的呻吟……

夢終有醒來的時候，然而，一切逝去的都不能再回來。嵐永不會回來了，永不，永不……

風拂着她的柔美的長髮，拂着她的裙邊，她的淚水在月光下像珍珠一般的晶瑩。

四周靜靜地，除了河水發出單調的節奏。

她疲乏地站了起來，垂下頭，低低地禱告，然後虔誠地劃了一個十字。

她踏上了她的歸程，讓小河遠遠地留在她的後面，也留下她的破碎的心。

她的步伐更沉重了……

「夏！」有人在喚她，樹林中閃出了一個黑影。

「是你？」月光瀉在他的臉上，她驚異於她的丈夫的來臨。

「我醒來不見了妳，我深信妳會到這兒來。」他的聲音有點反常。

「……」她只是默默地走着，離開小河愈遠，她的心更碎了。

「妳冷麼？」他把手中帶來的外衣披在她身上，繼續說：「我到了河邊，見妳痴痴地望着河水，就投了一塊石子進河裏，希望使妳注意。」

「你投了一塊石子？」她的眼眶又紅了，隱隱地，她的心響起了歌聲，半破碎的心擁有舊恨，輕泛在紅色的多瑙河……

「後來我聽見妳叫一個人的名字。」他的語氣更急促了。

「是的，我來告訴他，我永遠愛他，我來祝福他的靈魂永遠寧靜。」她冷冷地對他說。

他無言地拉着她的手，她感覺到他的手在慄抖。

「你冷麼？」她問。

「不，夏，我……有話想……想跟妳說。」

「跟我說？」她愕然。

「夏，我殺了嵐！」他不敢望她，他的身子在搖撼。

「你！」她的聲音中充滿了恐怖與悲痛，他呆立着……

「夏，這因為我愛妳！」

「……」她已泣不成聲。

「夏，原諒我！」他跪在她的面前。

……

「錯誤往往埋葬了自己，也永遠彌補不了生命的損失，我就是罪惡世界中的一個妖魔，一切的污穢，不能清洗在聖靈的河床……」

「那一年，我和嵐在同一的戰場上，守着同一的山洞，夜來了，又是一個殘酷的夜啊！夜空中紅色的流星在飛舞，其中一顆隕落在嵐的胸膛，在那裏，血液迸出了一朵生命的花蕾；嵐到達了死亡的邊緣，他命令我退走，不要無謂犧牲，然而，我不能走，嵐和我是唯一相愛的靈魂，我不能留他在山洞對死神作最後的掙扎，我堅持着，但嵐的槍對準我的心臟。在軍中，我不能反對長官的指揮，我和他交換了槍，我見他臉上有淚……『記得替我復仇』——他最後的話。」

「當我再設法重臨山洞，一切都已成了炮灰，血與肉的生命就這樣深埋在血腥的土地，我為嵐立了墳，在墓前，我立誓要為他復仇。」

「於是，我憎恨戰爭，憎恨血腥的劊子手，我離開了隊伍，建立我的家，但嵐活着，戰爭沒有奪走他的生命，這是令人驚喜的意外，但，也是令人悲哀的意外啊！我佔有了他的愛人，我不敢見他，我不能讓他知道，他最好的朋友佔有了他的她。

「那天晚上，在我，這也是永恆的一夜，我見到你們站在河邊，我知道，愛可以創造一切，也可以毀滅一切；恨可以創造一切，也可以毀滅一切；我怕，你們間的愛會使你們創造另一條路徑，那路上不能容有我的足跡，於是，我要毀滅、毀滅、毀滅！我不能失去妳，因為我愛妳！」

「我瞄準我的槍，對着嵐的有疤痕的胸膛，把一顆子彈送進他受過創傷的肉體，他受不了的，我知道。於是，我逃回家裏，一個陰影在我的靈魂中茁長起來……」

「啊！這是黯淡的旅途，這是恐怖的人性，這是血債，我哭泣，我狂呼，我跳，我叫，我瘋狂，然而，命運的神牽着我的污穢的手，我的心封上了厚厚的塵，長着黑色的斑點，纏繞着我的是血，血，血，血，血！」

「然而，愛是自私的，是盲目的，如今，勉強得來的愛情是毀滅，是凋亡。」

「夏，我對不起妳，只是一切都已經遲了，時間，我怕時間……」

「債，也應該到還的時候……」

他突然跳了起來，向河邊奔去，她在後面喚他。

河邊，他狂呼着嵐……

「嵐，嵐！我來替你復仇了，我要為你復仇，復仇，復仇！」他立正，向樹林的上空放了三聲空槍，接着，一顆子彈衝進了自己的太陽穴。

他倒下了，在河邊的草叢裏，臉上含着笑容，混着鮮紅的血，草，青青。

她來到河邊，他已經沒有一絲氣息，這是命運？

她的眼睛早已流不出淚水；她強自閉上疼痛的眼蓋，希冀稍稍安靜一下自己動盪的心境，可是，一切都像毒蛇，一樣咬嚙着她，她不禁歇斯底里地呻吟起來。

她拾起地上的槍，裏面已經沒有了子彈，她失望地嗚咽着，河水在淙淙地歌唱。

她仰頭望天，樹林上面是密密的枝椏，瀉下銀色的光。她對着河水，低低地祈禱：

「在這裏失去的是一顆聖潔的靈魂。只有他們的她，愛她卻沒有期待的信心是懦弱的，愛她卻是施與和憐憫是殘酷的，如今，她不能以血償還他們對她的愛情。」霧，更濃了，微風在吹，她的身體虛弱地迎風立着，突然，她感到一些奇異的東西在她的體腔內移動，她清楚，那將是一個新的生命的誕生，她應該負起這一份責任。

她又離開小河了，沉重的步伐中帶着微微釋然的拍子，她穿過蜿蜒的小徑，兩旁，高大的樹枝顯得更蓬勃，她知道，生命的嫩芽又在樹梢上跳躍，柔和的春風會撫摸它們，輕吻它們，不久，它們貢獻出更燦爛的花蕾。

於是，她要以一個新的生命來迎接第二個生命的春天。

她期待，在新的一代裏，將永遠沒有仇恨，也永遠沒有戰爭……

是春的訊息灑在她的心田，灑在遙遠的農莊上。

靜和夜，依然籠罩着這寂寞的樹林。

一九五五年七月，《學友》。

**作者介紹**

她的名字叫張彥，喜歡寫文章，很有點詩人氣質，平時常用「平安夜」和「藍子」等筆名投稿到報紙雜誌，入選的機會也很多，現在就讀於協恩中學，聽說是個「咪家」，對於她的功課自然不會「水皮」啦！

〈春聲〉評判按語

# 附錄：

# 未完成

# 花滿樓

每年夏天，肥土鎮就會非常熱鬧，因為是放暑假的日子，學生啦，老師啦，做父母的，都一下子變得輕鬆起來，於是大家都滿腦子想着要到甚麼地方去旅行，要找些有趣的東西去看，去見識，去吃喝玩樂一番。當然，各行各業也想盡辦法去推出新商品，辦各種展銷會。最矚目的自然是書展，整個星期，會場都會擠滿人，上百萬的大人、小孩都在展會裏推搡着旅行箱，幾乎把展館的大門也推破。書展期間，自然還有長春的車展、名酒展、美食展，接着是動漫節、寵物展等等等等，直到把整個炎夏爆炸為止。

今年夏天，出現了一個新的展覽項目，名為「新住宅展」，是由各大地產商聯合組辦，本來也只是推銷而已，開放參觀，但為了宣傳，標榜「新觀念，新居住生活」，加上之前有長達大半年的設計住宅比賽，由地產商甄選出一共有十個展品，

花滿樓 ①

每年夏天，肥土鎮就会非常熱鬧，因為是放暑假的日子，学生啦，老師啦，做父母的都一下子变得輕鬆起来，於是大家都滿腦子想到要到什麼地方去旅行，要找些有趣的东西去看，去見識，去吃喝玩樂一番。当然，各行各业也想尽办法推出新商品，办各种展銷会。

最矚目的自然是花展，整个

〈花滿樓〉手稿（部分）

製成模型，擺放在展場，真是富麗堂皇。還有五、六個男女保安守護，新生活是要守護的，大家都同意。這次，觀眾可以參加選舉其中最受歡迎的設計，得票最多的，經抽籤程序，抽出五十位幸運兒，分別獲頒精美禮品，包括電器用品，超市、快餐店贈券。都是地產商連鎖經營的。最吸引人的，另設兩大獎：次獎是名貴汽車一輛；頭獎，是獲得新住宅一個單位。參加者只需在參觀展品後，在入場券圈上號碼，填上姓名、身份證號碼、聯絡電話，年滿十八歲，投進票箱就可以了。而且不限投票次數。陳二文告訴自己，我可不是貪婪得到獎品，而是對新作品新生活充滿期盼，也去參觀了。陳二文花了十個下午都一一去看過了，因為參觀不需花錢，又有空調。

# 三無先生

坐在村長旁邊的是一位老先生，大約五十多歲，在我的眼中，五十多歲，不過是中年人，但在桃花塢人的眼中，已經是老人了。但他其實不算老，走路不用扶枴杖，腳步也不虛浮，是甚麼使他顯得老呢？原來找了一個座位坐在村長的旁邊，這個座位比較特別，因為它不是一個席位，席位是鋪在地上的座位，在村長的廳堂中，為了迎接客人，一下子鋪了好幾幅坐蓆，有兩張是竹蓆，放在廳堂正中前方，背靠一座有圖畫的插屏。竹是一張矮榻，在竹蓆的下首，也就是廳堂的兩旁，鋪的同是草蓆，可次一級，因為一般的家庭，都備有一或兩張竹蓆，供來賓坐，其他人都坐草墊。無論哪一種類，都是次次不同，而看來的是甚麼人和多少人。蓆子都長方形的，供二人合坐一蓆。我進客廳的時候，地上的蓆子已坐滿了人。我被安排坐在村長身邊，坐的不是蓆子，而是矮榻，模樣像一張床，但矮。村長請我坐在榻上，使我的雙足可以垂在榻邊，我就不必跪坐或跽坐了。於是我坐下了，把背囊放在身旁。

一張矮榻，邊上坐了三個人，中央是村長，右邊是我，左邊是三無先生。村長介紹我認識他的老朋友，為甚麼叫三無先生呢？原來他喜歡釣魚，但他的魚絲並沒有魚鈎；他喜歡彈琴，他心愛的一把琴，卻沒有琴弦；他喜歡下棋，常常坐在棋桌的一旁，對面並沒有棋手，終日只是左手和右手對奕，無所謂輸贏。

三無先生坐在矮榻上，是有特別原因的，原來榻上有一件特別的物事，是一個很大的枕頭，我一看就認得了，那是在名畫《北齊校書圖》中見過的，畫了一群文士齊齊坐在矮榻上，神態各異，有一個執筆校書，一個展讀，一個想離席，侍童替他穿鞋，可另有人要挽留他。榻旁站立好幾個梳着雲髻的侍女，其中一個手抱圓形棉織物走來，形狀如水桶，名叫斑絲隱囊，圓形結實，囊裏的袋子塞滿了棉花，要放在榻上或蓆上，給坐着的人用作靠背。

村長拿過隱囊，放在三無先生的背上，說，三無先生是我們的長輩，脊背沒有病，但人老了。

三無先生

坐在村長旁边的是一位老先生，大约五十多岁，在我的眼中，五十多岁，不过是中年人，但在桃花塢人的眼中，已经是老人了。但他其实不算老，走路不用扶拐杖，脚步也不浮蕩，是什么使他显得老呢？原来找了一个座位坐在村長的旁边，这个座位比較特别，因为它不是一个席位，席位是铺在地上的坐位，在村長家的厅堂中，为了迎接客人，一下子圍铺了好几幅坐席，有兩幅張是竹席放在厅堂正中前方，背靠一座有圖画的插屏，竹是一張矮榻，在竹席

〈三無先生〉手稿（部分）

# 《詩經》（未定名）

## 第一章　祖母說的故事：龍

所有的龍都願意和楊叔安一家人做朋友。他對牠們最好。多年研究、觀察、相處，他最了解牠們的脾性。知道龍喜歡吃烤燕肉，常常把燕肉烤得香噴噴的，給牠們做餐；知道牠們怕蠟，家裏從來不點蠟燭，只請燭龍張開一條眼睛的小縫隙；知道龍喜歡玉，就把玉掛在龍的項頸上。龍們很高興，都到楊叔安家來嬉戲。楊叔安常常對牠們說話，認為牠們聽得懂；他認為他也聽得懂龍的說話。一次，一條母龍對他低吼，又扯他的衣袖。他知道這是有所要求，於是跟着龍走，原來牠的小龍在洞穴裏病了。他把小龍抱回家去，細心地，把牠醫好了。龍們就當他是龍族的異類朋友，大龍小龍他也不當牠們是寵物。於是。

祖母說故事，她年紀大了，總是說說停停。而且經常重複，有時要父親提醒她，但我們都喜歡聽。

於是，於是楊家父子的名字在龍的國度和人的國度都傳開了。舜帝聽到這個消息，特地到楊叔安家來看龍。果然他見到許多龍，有鱗的蛟龍、有翼的應龍、有角的虬龍和沒角的螭龍，好像甚麼龍都有了。有的在天上飛舞，和雲塊捉迷藏，見首不見尾；有的潛入深淵，和魚群跳舞。各有各的樂趣。舜帝見了很歡喜，賜楊叔安姓董，封他的兒子董父做豢龍官。他們住的地方，就叫豢龍國。帝舜時代的龍，自由自在，每一條龍都健康活潑。牠們的身體可以隨時變換，有時變長，有時變短，變大變小，忽明忽暗。那真是龍的黃金時代哩。

可惜，楊叔安和兒子董父的後人，並沒有好好繼承先祖的技藝，何況，技藝是不足夠的，重要的是甚麼呢？愛心。所以後人其實並不真會養龍，只當牠們是寵物，只是會飛的四腳蛇。於是龍都離開了，回到天上去了，人們再也不容易見到牠們了。

到了皇帝孔甲的時候，夏國境內竟一條龍也見不到。這孔甲不理朝政，只愛吃喝、玩樂。他知道世界上是有龍的，帝舜不是騎過六條龍，在天上馳騁麼？他既然是皇帝，是天的兒子，於是求上天賜他龍，每天禱告。上天大概見他倒也誠懇，皇帝沒有龍在身邊也不夠威武，於是賜他兩條龍，一雌一雄，一條叫黃河，一條叫天漢，當作出巡時的騎乘好了。以為他從此會收心養性。

有了龍，可怎樣飼養呢？孔甲於是找尋豢龍氏的後人。真正豢龍氏直系的後裔沒找到，卻找到一個口甜舌滑，自稱曾跟豢龍氏族人學過養龍的人，一個沒落貴族的公子哥兒。這人姓劉，卡片上寫自己是堯帝後人，降龍博士；他自稱生下來時，手心有個累字，所以才叫劉累。孔甲皇帝就把兩條龍交給他豢養，封他當御龍官，並且賜姓御龍氏。

豢龍變成御龍。祖母說到這裏歎了一口氣。劉累根本沒有學會豢龍的本領，卻因得了一件寶貝，叫做力珠。珠子小小的，才龍眼那麼大，可一珠在手，氣力大得不得了。劉累因為得了這顆力珠，竟能降伏虎豹和大象。他只要一伸手，可以牽着象的尾巴，把象拉倒。有一次，他提着老虎的尾巴，把牠掛在城頭上，老虎慘叫，聲聞數里。幾乎全城人都聽到，都感到難受。孔甲知道了，召見劉累，要試試他的本領。劉累用中指和無名指夾着牛皮一條，另一端由大力士去拖曳，起先是一個大力士，後來逐一增加，增至十個，牛皮拉斷了，劉累卻一動也不動。孔甲大喜，這才以為找到養龍的人了，可以放心把龍交給劉累，除了封他當御龍官，還封了豕韋的地方給他，讓他在豕韋執掌政權。

可養龍跟氣力和權力有甚麼關係呢？

劉累不會養龍，他對其他動物也不好。過了不久，就把雌龍養死了。他隱瞞不上報，還把龍剁成肉塊，加上醬油，煮了給皇帝吃。孔甲一面吃着龍肉，太好吃了，因為從未吃過這樣的肉，另一面就想起龍，想到也讓他的寵物吃吃。可是劉累只交出一條龍，而見那條龍神情哀傷，不肯吃肉。劉累解釋，雌龍發瘋，逃走了，肯定會找回來的。而他自己呢，連夜逃到魯縣去了。

孔甲唯有又到處召聘懂得養龍御龍的人。這次，找到的人叫師門。是一個奇奇怪怪的人，愛吃桃李花葩，據説能夠作火，只是沒有人見過。師門的師父是嘯父，替人補鞋，走過大街小巷，也沒有人知道他有異能。後來，他很老很老的時候，在烈火中徐徐升天，才叫人吃了大驚。嘯父收過兩個徒弟，把烈火升天的本領傳了給大弟子梁母，師門學的是另一些異能。師門雖沒跟豢龍氏族人學過養龍，倒把龍養得好好的，並不把牠關在屋子裏，而是讓牠到處飛翔，自由舒展，希望這落單的雄龍，心情回復，能夠在野外找到另一半。野外，應該還有其他龍吧。

表面看來，師門畜龍的辦法，既散漫，又沒有規矩、秩序，孔甲皇帝以為太放縱了，自己養了大群狗，都很聽話，要走要站，全聽他的號令。不聽話，就鞭打。他見這龍沒加監管、約束，肯定不受指令，遲早會一飛不返，斷定這是另一個騙徒，一怒之下，把師門處決了，埋在郊野。但奇怪，師門不是死了麼，他可一直聽到師門大笑的聲音：殺我不死的，這樣殺人是殺不死的。有許多人還回報在郊野看見師門。孔甲很害怕，要親自到郊野去看看，帶齊了大量兵馬，可是到了郊野沒有任何發現；哪知回程時，轎子忽然着火，猛烈焚燒，把孔甲燒死了。那一條雄龍，當師門被處死時，飛走了。

那個逃到魯縣的劉累，因為剁過龍肉給皇帝吃，皇帝吃得非常滿意，臣下一傳十、十傳百，在民間裏流傳，連僻遠的魯縣的小民，也聽到了，這是個封閉落後的地方，民眾大多不識字。劉累索性在魯縣開店，當起龍肉販子來，還自詡有一套獨得的屠龍術，又有各種獨特的烹龍法；他的店，其實掛假龍頭，賣的是真狗肉。他本來識字也不多，但有時表演一下力氣，加上憑口舌，出了一本屠龍繪本小冊子，居然也可以收了些弟子。弟子之中，有一個姓支離，叫益的，就和他一樣，在市場上以傳授防龍術為業，教人一旦遇上龍，怎樣降龍、屠龍，因為龍有許多種，所以有各套不同的應對辦法。倒也賺了不少錢。不知龍是否知道，逃的逃，躲的躲，大多回到天上去。世上再見不到龍了。許多年後有一個叫朱泙漫的富家子，無所事事，還來跟支離益學防龍術，學了三年，家財都孝敬了老師，但得技無所用，因為一條龍也沒有出現。

祖母說到這裏，臉上堆起了更多的龍紋。可惜我出生得太遲，不然或者可以成為養龍人，因為養龍的技能還不是最重要的，祖母說了又說，誰都可以學習，只要耐心聆聽。因為我一直肯耐心地聆聽，她認為我聽得懂龍的說話，甚至聽得懂其他花草鳥獸的說話。

## 第二章　父親說的故事

### 一、共和

龍沒有了，祖母說到這裏，在搖椅上垂下頭來，是睡着了。父親找來一張毛氈，為她披上。龍不見了，到了後來，豢龍氏的名稱也漸漸消失了。起初的豢龍氏住在豢龍國，到了商代，變成了豕韋氏。周朝初年時，是唐杜氏，到了周宣王的時候，豕韋氏國給滅掉了，養龍的人和養龍的氏族都沒有了。

父親說，歷史就是這樣承傳演變的。我對歷史沒有太大的興趣，奇怪的名字太多，我只想知道更多有關龍的故事。但父親說，這其實就是龍的歷史。

西邊的周人所以能夠取代殷商，完全因為殷商出了個天怒人怨的紂王，做了許許多多壞事。周武王建立國家，進入了中原。但軍事上，你算是打敗了對方，但還有治理的問題。這麼多的商遺民，可怎麼辦呢？對殷商的貴族尤其不放心。武王於是瓜分了原先的土地：自殷都以東為衛，由管叔監管；殷都以西為鄘，由蔡叔監管；殷都以北為邶，由霍叔監管，這就是「三監」。可是武王做了兩年皇帝就死了，繼位的成王年幼，就由叔叔周公旦攝政，他是兄弟中辦事最穩當的。哪知三監後來勾結紂王的兒子武庚作亂，散佈流言，以為旦會有野心。周公只好出兵平定，亂事平定之後，他採用了封建制度，重新把殷的遺民連同土地分封給兩種人：親屬和功臣。

康叔，是武王年幼的弟弟，得封邑在康的小地方，稱康國。如今封康叔為衛侯，經過授土授民的儀式。授土即授予土地，受封的諸侯取些封土，加上代表中央的黃土，用白茅包裹好，由周室賜給諸侯，象徵式地表示諸侯從此合法地擁有那片土地。授民即是授土的同時，把封地上的原住民授予諸侯，還包括本族臣民、前朝遺民。

周代有公、侯、伯、子、男五種爵位，侯僅次於國家執政的重臣，如周公、召公等。封地在王畿外面，稱為外服，用作屏藩周室。到了成王的時候，這位衛地的叔叔更得到器重，升職為周司寇，帶八師兵力，封地最大，權勢最重。

到了康叔的第八代孫子衛釐侯，他在生的時候，遇上中國歷史上發生的一件大事。當時因為周厲王無道，國民叛亂，厲王跨過黃河，逃到了彘。這是忘了商紂的教訓。太子靜躲到大臣召公家去避難。召公把自己的兒子冒充太子，交給國民處死洩憤。

皇帝跑了，誰來打理國家呢？

由大臣周定公和召穆公共同執掌政權，歷史上稱為「共和行政」。共和元年，即前八四一年，中國歷史確切的紀年，從此開始了。衛釐侯的長子餘，早死，據說是弟弟和把他殺死的，但不可信。弟弟和是個愛民的青年，厲王逃難時，他才二十五歲，掌管強大的兵力，地近京城，又有威信，就由他出來輔政，稱為衛武公。厲王在彘，不能返京；十四年後死於彘。周朝由靜繼承王位，成為周宣王。

## 二、國人暴亂

我一直留神的主人翁，是一位衛人，文武全才；我最感興趣的，是衛國衛人的故事。但國人為甚麼會暴亂呢？我在學校也讀過，不過很簡單。父親說，那得由種田說起。自從周天子登上王位之後，天下的土地，都是屬於天子的。天子把這些土地和土地上的人民封給自己的叔伯、兄弟和一些殷朝的王子貴族。因此諸侯也有許多地。這麼多的土地，當然要有人耕種才行；種出來的農作物，就得好好分配才行。周天子擁有大量土地，就想出一個井田制，把土地分成井字形，旁邊的八塊田由庶民來耕種，而中間的一塊田，那是公田，由八塊田的農夫，每家出一人去耕種。天子有許多公田，每年就有上萬的農夫免費耕田；諸侯擁有的公田也一樣，都由領得私田的農人代耕。天子也耕田麼？耕的，但那只是一種儀式，每年春天，天子到田裏去，拿把鋤頭，那麼象徵式地鋤一下泥土，就是天子親耕了。

農人耕田，每天得先到公田工作，做完了才可以耕自己的田，鋤頭甚麼的工具，農人自備，糧食也自備，公田的收成當然都是天子的，不過，收割時也會留下一些穀物，讓寡婦們可以撿拾回去充飢。每年，天子要奉行兩次慰勞農夫的祭禮，給他們吃陳米飯，一次是春耕時分，一次是秋收後。如果農夫家派不出人手去耕公田，就得納徹税，或者僱用別的農人去做。農夫自己的田地收穫，卻不用交税，周初的井田分配均勻，私田一田規定一百畝，漸漸地，農夫們自己開墾了土地，面積就變了，而且私田和附屬田一多，公田相對少，到了厲王的時候，田收少了，不知改善，竟想到笨主意來。

一個叫榮夷公的臣子，給厲王姬胡想到了增加財富的辦法，就是私田也得繳納收穫物，有的大夫不贊成，但厲王不聽，派人到田上強奪，弄得民怨沸騰，紛紛咒罵。大臣召公規勸王說，再這樣下去，老百姓不能活了。但厲王又不聽，認為是誹謗，派一個衛國巫師去監視，甚麼人表示不滿，咒罵王上，都抓來殺頭。這麼一來，人人不敢説話，只能憤怒地瞪眼，交換眼色。沒有人敢説話。

周厲王的高壓政策最終引發國人暴動，庶民群起包圍王宮，還一把火把王宮燒掉。

## 三、毛公鼎

毛公每天都到作坊來視察匠人工作的情形，這次，宣王要鑄一隻大鼎祭天。宣王在召公家躲了十四年，以為從此再也不能繼承帝位了，哪知仍能當上了皇帝。第一件事要做的，是鑄一隻大鼎來祭天。

周人本來不會鑄鼎，鑄鼎這件事，是殷人的本領，不過，自從武王克紂，殷的遺民漸漸地落入了周民之間，他們的文化也自自然然地影響了周的文化。鑄鼎的作坊裏，網羅了不少殷後代的老師傅。

鼎是用銅做的，早期殷人做銅器，用的還是紅銅，紅銅是純銅，光輝燦爛，做成小小額配飾美麗極了，漸漸又發現了青銅。那是加了錫或鉛，顏色變成青灰色，大夥兒叫它青銅。青銅比紅銅的熔點低，熔成液漿時，像水一樣到處流蕩，無孔不入，很少留下氣孔，做出來的器皿，夠堅硬，體質也滿滿盈盈的，叫人看了喜歡。

毛公每天視察的作坊在洛陽，這裏本來是個銅礦場，因為有銅，所以闢為青銅作坊，減免了運輸的勞動。除了洛陽，鎬京也產銅，那裏也設有作坊，平日，這些作坊做的以兵器最多，其次是車輪，還有農具。其中最重要的卻是鼎彝等祭神用的禮器，和鐘鐃等樂器，這些都是又重又大的銅器，都是專為王室製造的。

這一次，宣王要做一個鼎，工程交給毛公去管理，臣子不敢怠慢，天天去監工，作坊中的幾百個工匠，都停下其他的工程，專心一致來鑄鼎。鼎雖大，工匠極有信心，他們的祖先在數百年前就鑄過一個巨無霸司母戊鼎，先輩們描述起來，還很神氣。那大鼎是夏朝的禮器，如今可不知在哪裏，一般的庶民也見不着。

鼎是熔鑄而成的，得把銅燒熔了倒進胎範裏。最先是用泥土做一個模型，圓的還是方的、三隻腳的還是四隻腳的？都得先設計起來，泥土模型要用火烘焙，燒得外層黑黝黝地，用紅筆在上面畫上各種的花紋，然後雕刻。

別急，主人翁出場之前，怎能沒有細節呢。父親氣定神閒：必須像鑄鼎那樣耐心。

然後，就是翻範了。用一些篩濾澄清過的細泥，調成潤濕的樣子，拍成平片，捺塗在模型的外部，用點力壓緊，這麼一來，模上的花紋就會刻印在泥片內，等泥片半乾，再用刀刮整齊，把不清除的地方仔細剔刻出來。還做了一些三角形的榫卯，使範片可以密密接合在一起。再慢慢陰乾，加點火微微烘焙。範乾了就可以把分片合攏起來，可這只是器皿的外範，因為鼎的肚腹內是空的，所以也得做一個內範，那就是叫做泥芯的東西；銅液就是澆進外範和內範之間的隔壁縫隙。毛公在這時得特別仔細監工，如果外範和內範配不切，不精細，做出來的鼎就會厚薄不均勻。

合範時，泥芯和外範間有子母榫眼相扣，或加入銅支釘，外範背部還要開些小濠溝，加上泥條縛緊，或用麻繩紮實，再用厚泥塗上，留下透氣孔，以免空氣內閉。在花紋塗上蠟質和炭屑，以免器範黏在一起，不易分離。

毛公瘄，又叫毛公歆，是宣王的叔父，被委以重任，處理國家事務，族人並且擔任禁衛軍。這青銅鼎的鑄造，是毛公為記念宣王對自己的任命，以及告誡。宣王當然知道。他想要的是一個樸實穩重的鼎，銅胎厚重，不尚奢華，所以只在鼎口上雕一層紋，線條簡單清晰，不過肚腹內的銘文可不是寥寥數語，而是整整五百字的銘文。雕紋是刻在外範的內壁，銘文則刻在內膜，壁字全反刻，陽文突地，鑄出來之後，變成陰文平槽。毛公對刻銘文特別仔細，字體是否左右橫平，行氣，玉箸體字畫要兩端等粗。

澆銅這日，作坊裏可人聲鼎沸了，平日製模，都是分工，各人負責泥片，可澆銅則不同，一個大鼎，少說也有四、五百個熔銅的坩堝，一個只能熔銅十二公斤，銅又不能一次一次熔了分別注，連續澆灌熱度不一，器皿會分裂。所以，就得七、八十個坩堝一起動工。作坊裏，真是人頭湧湧呢，一組坩堝，既有燃炭的人、看火色的人、運作料的人、運銅液澆灌的人，同一時間內就得有一、二百人一起工作。

銅液澆灌之後，鼎已成形，基本上凝固之後，不必等到熱全散退，就可以脱範。泥範不會再用，所以可以把它打破，器皿若有一點兒擦傷，也可以黏補。銅器脱了範，一點兒也不好看，表面粗糙，搓呀搓呀，並沒有光彩，黑黝黝的像一堆破泥。於是就得打磨。把鼎磨出彩來，把凹凸不平的地方磨平，變成黃金般輝煌燦爛。

一個輝煌燦爛的鼎完成了。這是毛公監製的鼎，他是版權的持有人，所以叫做毛公鼎。

## 四、銘文

周武王只做了兩年王就過世，兒子成王繼位，很年輕，由叔父周公旦攝政，引起其他兄弟管叔鮮和蔡叔度不滿。尤其是管叔，他排行第三，是周公之兄，何以不是自己攝政呢。周武王有兄弟十人，他自己排行第二，周公旦排行第四，康叔是周公旦的少弟，名封。兄弟資質不同，識見不同，只依賴血緣維繫，一旦利益不均，就難免產生爭執。富二代三代往往就出現這種問題。管叔等散佈流言，認為周公要篡位，起兵作亂，並且勾結商紂的兒子武庚。周公的苦心，我們當然很清楚，但這畢竟是一個姬姓大家族的內訌。兄弟之間分成倒周公或護周公兩派。

周公興師平定三監之亂，殺武庚、管叔，再流放蔡叔。康叔站在周公一邊，參與平定叛亂，因此受封於殷商故都朝歌，建立衛國，成為衛國第一任國君。康叔赴任時，其兄周公旦放心不下，擔心少弟衛康叔年輕，責任重大，一再作文誥提點，告誡康叔，要勤政、慎政，要愛民。康叔統治有方，很快使衛國安定，成為衛國和衛姓的始祖。

周成王年長後，鑒於康叔治國政績卓越，於是提拔他做西周司寇，掌管刑獄。康叔秉公執法，成功維護西周的政權穩定。周成王為表彰康叔輔佐之功，賜給他寶器、祭器等物。其中一個最著名的文誥，就刻在毛公鼎肚內。

我看了毛公鼎的圖照，父親要我留神鼎腹內的文字，這是衛國的早期文獻，是周公當年以周成王的名義，寫給幼弟康叔的文誥。講歷史，真是人言人殊，各有不同的看法，但還是留下的文件比較可靠。當然，對文件又可以有不同的理解。不過，無論如何，周公要年輕的成王勤政、愛民，倒是至理。對於成王，康叔卻是長一輩的叔父。

康叔，我的弟弟，年輕的封，王說：

歎叔，以前我們偉大的先祖文王和武王，因為仁德，上天滿意，才讓我們周邦統治天下。先祖安撫了四方的諸侯，都來尊王和朝貢了。這固然也有賴許多先臣，能夠同心輔佐，不憚辛勞。可是，如今，四方騷動，大亂也未平息，國家怕要陷於艱難的境地了。

王說：歆叔，我們要遵守先王的命令，讓你協助治理國家，大小政務，希望你能專心致志，以保我的王位。你須對於官吏信賞必罰，那麼我的王位，才不致動搖。這固然要靠你的才智，但我也並不昏庸，只要你不荒怠、不偷安，忠誠，並且知無不言，大家努力，不負上天付與的偉大使命。

王說：歆叔，你和眾官員，制定傜役賦稅，千萬不要馬虎，卻把責任推到王的身上，這是造成亡國的。從今以後，出入或向外發佈政令，要先告知叔父歆，而由叔父歆把命令發佈，不得擅自亂發。

王說：歆叔，現在我重申先王遺令，命你專治一方，以安定我們的國家。我現在告誡你：不要頹廢了政務；不要阻撓庶民；不要讓官員貪污中飽；不要欺侮鰥寡；好好教導僚屬，不要酗酒，不要廢墜了你的業務。你要時刻注意：王法是不可觸犯，以先王為典範，不要陷君王於困境。

然後我讀到，周公頒賜給康叔許許多多的禮物。他說：給你物品，以供祭祀和征伐時使用。這是耳提面命之後，溫暖的厚贈，同時，可也是警告。

# 第三章　尹吉甫的故事

## 一、萬舞

這天是一個大日子，衛國都城朝歌的宮廷廣場上，舉行了選拔武士的日子。經過一年的訓練，報名參加的武士個個雄赳赳、氣昂昂，一早在演武場上齊集。衛國的國君姬鼊沒有出場，大閱兵是由公子和主持，他坐在宮廷的正中位置，旁邊站滿了衛士。早二年，公子和仍在長安執理國家大事，離家十五年，他已從一個英氣煥發的青年，長成威儀的壯年人。這兩年內，沉寂了許多的周邦又發生了轉變。首先是逃難在汾水邊上的厲王駕崩了。接着是太子靜登上王位，成為周天子。公子和於是回返衛國，在這兩年中，他也曾下長安幾次，回來之後，並沒有空閒下來，也沒有回到他的采邑共地去，而是留在朝歌，訓練兵士。

演武場的場面浩大，場地足足有一畝田寬廣，武士聚集了上千，個個都準備伸展自己的才能，希望能以武舞得到賞識。對於武士來說，這可是一場考試，一旦得到賞識就可以晉升為士了。首先演的是刀劍，都是一組人一起操演，有時二人對擊，有時三人博擊，演的兵器有劍戟、干戈、盾，整個上午就過去了。下午則是射箭的項目。在眾多的射手之中，大家都注意到一個人了，個子高大，眼睛明亮，只見他那麼靈活地抑弓、揚箭，嗖嗖嗖，支支箭都射中了紅心，全場爆發了一聲響亮的讚歎。射箭不單要表演立定射，還要考蹲射、趨步射，他沒有不射中紅心的，連公子和見了，也讚道：真不愧為我的外甥。

演武演了一個早上，到了中午，即是演萬舞的時候。首先分開一批人表演，這些已是平日選出來的精英，跳萬舞的共有六排人，每排十人，先跳的是武舞，後跳文舞。大家的注意力又貫注在這個人身上了，他的氣力很大，牽着馬轡就像拿着根絲繩。最後跳的是文舞，只見他左手握着多孔的排簫，右手握着長長的羽毛，白日照在他的臉上，染上一片金黃。整個人金光閃閃，好看極了。公子和見了，說：賜吉甫酒。

吉甫真是歡喜得不得了，這一聲賜酒，哪裏是一杯酒呢，任誰都明白，公子和這麼一聲，就是選為士的意思，不但有了「爵」位，還得到別的禮物。只見人群中早有人拿過酒來，先讓他喝了；又有人隨後雙手抱着一件賞賜，走近一看，竟是毛茸茸的一卷東西，是一塊羔羊筒皮，還有五紽素絲，有了官職的人才能穿羊裘呢，他如今是受封為士了。

從演武場出來，一夥人都向他祝賀，他則喝了三杯酒，顯得有點醉醺醺的，其實，醉的不只是酒，而是因為得了封賞，覺得輕飄飄起來。一路回家，只見道旁長滿了榛樹，低濕之地遍佈了甘草。忽然想起一個人來了，那個穿藕荷色的女子。

市場上正熱鬧呢，許多賣雜物的小攤子。有的吊着雞蛋，有的賣地瓜、蔬菜，交換東西。有一群人卻圍着一個人，大家擠過去看。原來有個人賣矛和盾，只聽得他說：我這矛可厲害了，甚麼東西都能刺穿。來，買一支，買一支，如今從軍，正合用。過了一陣，他又拿起盾來，說道，我這盾可厲害了，甚麼東西都能擋，擔保你能保住性命。圍觀的人中發出一個聲音道：那用你的矛去刺你的盾，怎麼樣？販子漲紅了臉，說不出話來。只聽得有人說：不如快到宮廷去看演武吧，武術才真是勢不兩立的。

## 二、冬狩

天氣轉眼到了冬天，正是狩獵的好日子。公子和帶了一群親兵，到野外狩獵。這個時候，正適宜練武，訓練衛國的軍隊。這是農忙之後的休閒期，田中的麥早已秋收，打過穀，去過糠，收藏在庫中。貴族們則以狩獵來鍛煉自己的體能。其實狩獵一般以單騎更為輕快，但如今的狩獵，出動馬車，可以看出是有練武的意思。

公子和駕駛的馬車共有四匹赤黑色的馬，身高頭大，他握着六條轡繩，隨着父親一起出狩。衛釐侯已經老了，但身手還是矯健的，公子和是衛釐侯最鍾愛的兒子，雖然，長子是餘。二人一起坐在戰車上。一隻巨大的牡獸出現了，衛侯說道從左邊射牠，公子和果然一發射就中了。打完獵之後，輕快地駕着車子，只聽得鈴聲叮叮，一群人到北園來歇息，馬和獵犬也都歇息了。

一連數天打獵，第二天，是老三駕着車，他執着馬韁就像拿着絲繩一般輕鬆，外服的兩匹駿馬，大家都看得清清楚楚，跑得飛舞一般快，又好看極了。他躲在草叢中，猛烈的火燒起來；他裸着上身與老虎搏鬥，殺死了老虎，獻到公侯的面前。公侯很歡喜，對他說，別再這樣，小心牠會傷害你。他很會射箭，又會駕馬，說止，馬就停止；說走，馬就走，真是靈活。弓箭都藏在囊裏。當公子和在狩獵時，大夥兒都來觀看，村苑的巷子裏沒有人了，也沒有人騎馬，沒有人喝酒，都來瞧公子和的本領，真是又漂亮又勇武的人。他平素和藹可親，對人又仁慈。盧犬的胸膛在響，戴上了子母頸項環圈。他真是一個漂亮才智的人。

淇水的灣上，長着無邊無際的綠竹，一片蔥翠。看那位在水邊散步的君子，戴着白鹿皮做的冠冕，上面綴上閃閃發光的玉石，插在髮髻上的簪子，垂下的絲繩掛着美玉，就是嚴肅又威武的衛釐侯了。他的品德就像刀子切過，鑿子琢過，礪石磨過，一樣的完美。他就像精金純錫、玉圭白璧，從從容容地靠在車轎上，還在和人逗趣說笑，可是非常有分寸。鶴在九澤裏叫，聲音達到了遠野。鯊潛在深淵，有的龜在小池裏。沒有人不喜歡他的園子，長着各種樹木，柏、桃、榛、木槿、蓼藍；

別處山上的石頭，可以作為磨石，用來磨玉。任何人依靠君子，就能使自己光亮起來。密密的武網，張羅在四方八面的地方，盡攬人才，赳赳的武夫，都願意作公侯的心腹。

## 三、東門

這是宣王二年。

有點秋意呢。七月早晚的風吹過來，充滿涼意。在這個時候，傍晚的時分，到外面散步最舒服了。陳城最繁華的地方，當然是在東門。這個時候，賣玉蜀黍的、糖水的、麥餅的攤子，沿着城門一路上擺着。只有小孩子空閒，沒有事情做，在街上嬉戲，而他們的母親，要忙的事情才多呢。有的在戶內織布，有的忙着繅絲，有的編草籃、紮鞋底，有的在灶下生火。

東門之外，是一片廣闊的野地，夏末初秋，路邊長滿了車前子，早幾個月，車前子還剛剛生苗，葉片如蔓草佈滿地面。不過一眨眼，草莖長高了，葉片中間抽出長長的穗枝。許多婦女正在細心地採摘，車前子的葉子，可以做藥材，母親不是也常常採摘這種葉子麼，藏起來，留作自己用或者送給鄰居，那是治難產的藥。雖說車前子是治懷孕婦女的藥，採摘的女子中，卻又有許多年輕未婚的，其中一個，穿着草穗色的衣裳，披着淡翠色的圍巾，是個高大而美麗的女子。在眾多的女子中，一眼就看出她來了；因為已經見過她好幾次，比如那一次，東門的池水裏荷花正盛開，配着她一身草穗色的衣裳，好看極了。不知道為了甚麼事，她一直坐在池邊哭，自從見過她之後，心裏老是想着，睡夢裏也夢見她哭着哭着，沒有想到，哭起來竟也那麼好看。

是因為想再見到她，所以特別喜歡到東門去。果然，後來又見到她了。東門的水池是一個好大的池塘，一邊長滿了粉白的荷花，一邊卻是碧綠的水，婦人都聚集有碧水的一邊，在池水中浸麻，人們選擇東門的池塘來浸麻，是有原因的，因為這裏的水清，而且是活水，不斷流動。若是污濁的水，浸過的麻會變成黑色；如果水少，麻浸透了會脆。那個年輕高大的美麗女子，可以和她談談話就好了。走出城門，美女多得像彩雲、像荼蘼，可不是我的意中人。

原來她喜歡跳舞，而且跳得那麼好，直使人驚喜。那一陣子東門的池塘邊沒有見到她，很是失望，可走着走着卻聽到有鈴鼓的聲音，然後見到一個女子在跳舞，就在東門一帶的白榆樹下，握着鷺羽，婆娑起舞。能夠和這個女子說話麼，可以採一朵荷花送給她麼？大概是沒有希望的，看她的衣飾，顯然是富裕家庭的女兒，而自己不過是從燕國流浪來的武士，即使喜歡她，也難有希望啊。

## 四、出征

這是宣王二年春。

在甚麼地方採蘩呢，在沼水裏，在沙洲裏。採了蘩做甚麼呢，為了公侯的戰事。在小河溝裏，在公侯的宮廷裏。你們去打仗了，早些回來吧。蘩就是返的意思。採了許多蘩，從早採到晚，快點凱旋回來吧。

採了蘩披在身上，採了蘋，煮成水喝，蘋是平安的意思。在小河裏採藻，在南澗的邊上採藻，用筐和筥盛着草，在鍋和錡煮水。煮好了水放在甚麼地方？宗廟的窗戶下邊，這件事，就由未婚的齋戒沐浴後的女子來主理。

東方的天還沒亮，就要起來了。急急忙忙，把衣裳都穿錯了，把衣穿在下身，把裳穿在上身，這樣子顛倒忙亂，是因為出征的命令忽爾下來。折一枝柳插在門外的園子上，和大家道別了。昔我往矣，楊柳依依。無論楊樹和柳樹，枝條都不易折，半留相送，半迎歸。出征的人搓着眼睛，分辨不出早晨還是黑夜，不是早上動身就是晚上開拔。

這是宣王二年冬。

從早上起來就去採藎草，採來做甚麼呢？當然是為了祭祀。採了一個早上還採不到一把，我的頭髮已經捲曲成一團球了，在霜露之間行走。應該回去沐浴了。

除了採藎草，也得採蓼藍，採了一個早上，還不滿一襜抖，不是說這次的狩獵，只去五天麼，數數指頭，已經六天了，還不見回來。我那人去狩獵，我就為他把箭收入弓袋；我那人去釣魚，我就為他理好魚絲。釣些甚麼魚呢，魴魚和鱮魚，魴魚鱮魚，又多又新鮮。

這是宣王三年春。

在甚麼地方採蘩呢？在湖邊，在沙洲。採了蘩做甚麼呢？為了公侯的祭祀。祭祀為了甚麼呢？是要平定陳和宋的戰事。在山澗裏採蘩，在公侯的宗廟裏祭祀，你們去打仗了，早些回來吧。蘩，聲音和意思就是返。採許多許多的蘩，從早採到晚，採了蘩披在身上，快點凱旋回來啊。

在甚麼地方採蘋呢？在南山溪澗邊。蘋，聲音和意思就是平，平安地回來。

在甚麼地方採藻呢？在小河溝裏。藻，聲音和意思就是早。早些平安地回來啊。

採了蘋，採了藻，用筐和筥盛着，在鍋和錡裏煮水。煮好了在甚麼地方致祭呢？在宗廟的窗戶下邊。祭典，由我們未婚的少女，齋戒沐浴後主理。

## 五、祭天

這是宣王三年冬，勝利了。

定星正在天空的時候，忙着建築楚宮。這地方，是衛的受封地。計算着日子，修建楚室。栽些榛樹、棗樹、梧桐、梓漆，這些樹可以作琴瑟。登上高丘，看一看楚丘的形勢。楚丘，楚宮，景山，這些城邑之後，再在桑田裏從下面朝上望。當初占卜的時候就說不錯，現在完工了，果然理想。命令倌人說：這場好雨下過，天晴的時候，一早就把隊伍遷到桑田裏。公子和為人正直，思慮又深遠，獲得了高大的牡馬三千匹。

祭唱：

於穆清廟，肅雝顯相。
濟濟多士，秉文之德。
對越在天，駿奔走在廟。
不顯不承，無射於人斯。

祭完廟室、天地，又祭先祖：

於皇武王，無競維烈。

允文文王，克開厥後。

嗣武受之，勝殷遏劉，耆定爾功。

一個人問：吉甫，怎麼先祭武王，再祭文王？

答：武王是衛的直系祖先。我們飲水，可要思源。

## 六、關睢

高大的梁山，以前是禹治理過的，由韓入周，是昭明的大道。韓侯所受的命令，由周宣王親自頒下。命令說：繼承你祖先的功業，不要荒廢了我的命令；要從早到晚做好你的職務，切勿荒怠，我的命令不能更動；匡正那不來朝覲之國，以輔佐將要舉行的大戰。

四匹壯大的牡馬，又高又大，韓侯朝覲時手執介圭。王賜給他美麗的旂幟，色彩鮮艷，繪有蛟龍、日月的圖案，以及版圖。竹編的車篷，繪有文彩的衡木，黑袞衣，紅厚鞋，雕刻的當盧，皮革的軾，軾上並以淺毛的虎皮覆蓋，皮革的轡首，衡軛的末端還以五金裝飾。韓侯住在屠，那是長安的杜陵，為的是祭祀路神。顯父為他餞行，喝了十壺清酒。送行的餚有蒸鱉，有鮮魚；蔬菜有春筍、蒲黃；贈的是四匹馬，一輛路車。祭荐籩豆的時候，韓侯非常高興。

韓侯到南燕娶親，娶的是宣王的外甥女，她是蹶父的女兒，姓姞，嫁韓侯為妻，就稱為韓姞。她會享幸福的。韓侯到蹶父的鄉里來迎親，百輛大車子彭彭作響，銅鈴叮噹，場面光彩熱鬧，隨嫁的侍女多如雲彩，行曲顧禮時，光耀滿門。

蹶父非常武勇，為王特使，所有國家都去過了，為女兒韓姞選擇歸嫁之所，沒有比韓國更適切更快樂的了。韓國是樂土，川澤寬大，魴鱮肥美，麀鹿眾多，又有熊羆、山貓和老虎。

這些，都是我追隨韓侯的所見親聞，因為南燕是我的故鄉。

## 七、擊鼓

鼓聲敲得鏜鏜地響，大規模地在練兵，漕城用土建築防禦的圍城，我卻單獨被派往南邊。我要跟隨孫子仲去平定陳和宋的糾紛，使得周天子沒有南方的憂患，集中兵力去對付北方的強敵玁狁。陳和宋的糾紛平定下來了，大夥兒都要回歸衛國，可是卻要我留在陳城，不可以回去，我憂愁得不得了。原因當然是，這麼一來，可見不到戀人了。到處找她，可沒有她的蹤影。她不是住在這裏，但她的馬呢？她騎了馬走了。我一路追蹤，直到株野，她似乎起程不久呢。

曾經與你相好，彼此相悅，誓說死生離合，永不分開，我們彼此牽手同行，白頭到老。現在你卻走了，離開我，不與我見面，為了甚麼呢？不再相信我了麼？

我並不空閒，回陳後得練武，駕着四匹被甲的馬，彭彭地在黃河邊上高低不平地奔跑，兩枚矛槍都飾了雙重的纓穗。鵜毛，向左邊旋轉，右手就抽出矛來刺，三個人一起練武。整日苦練。休息下來，我就是想找你，到哪裏去找你呢，你不到我居住的地方，你一清早就來了，比太陽還到得早呢，到我的房間來，跟着我的腳步跳舞。月亮出來了，你仍在跳，你不會跳舞，我就來教你。這是我的伯父教我的。

她說：雞啼了呢。

他說：天還沒亮。

她說：起來看看夜色，啟明星已經發亮了，可以到田野間去，追逐奔走射鳥與雁了。

你射中了，我給你作餚來吃，一面吃，一面喝酒，我們白頭到老，你彈琴，我奏瑟，多麼美好。

知道你會來，送給你雜佩，知道你會順我的心意，所以用雜佩慰勞你，知道你喜歡我，所以用雜佩報答你。

曠野裏打死了一隻鹿，用白茅包着牠。一位動人的姑娘，吉士會誘惑她。姑娘像一塊美玉，他像白茅般包着她。慢慢地脱下衣服，不要移動佩巾，不要驚動家中的獵犬。

為甚麼要到株林去，是為了追蹤她；不是要到株林去，而是追求她。駕着四匹馬，趕到了株林；駕着四匹馬，清晨在株林吃早點。大車檻檻地行走，穿着淡色的車帷。

怎麼不想念你呢？只是怕你不敢走，所以沒有告訴你。

生不在同一地方，死了埋在一起，如果不信，頭上的白日可以作證。

誰說黃河寬廣，蘆葦作筏就可渡過；誰說宋國遙遠，踮起腳來，不用一個早上就可抵達。

當然是到東門來找你，土壇上披上絳草，房子就在眼前，可人已走遠了。栗樹下，有一排房子，怎麼能不想你呢，不再跟着我的腳步跳舞了。

光明的月亮出來了，美麗的人走遠了，她的身影，使我憂傷。

遠了遠了，甚麼時候回來？要不是為了國君的事，怎會在露水中行走呢。

## 八、對面的設想：飛蓬

這是宣王八年。

旄丘長的葛藤，節子多麼挺直呀，你們怎麼去了那麼久呢？叔叔伯伯怎麼不肯來幫忙？是要等一個人，怎麼要我們等那麼久呢？

你在那邊怎麼過活呢，一定有供應的吧；為甚麼去了那麼久，一定有原因的吧。穿蒙戎狐裘的人，不用去駕車東征，叔叔伯伯，你們是多麼不同。

地位低微，流離失所的你，棉花從袖子裏裂出來，在勁風中擺動，彷彿貴族人家耳際的冠飾。

淇水的魚梁上，狐狸安然地散步，牠才暖哪。心裏多麼憂愁，因為你沒有暖和的衣服。

淇水淺流的地方，暖和的狐狸悠然地行走，心裏很是擔憂，因為你沒有繫衣帶的工夫哪。

淇水的邊上，狐狸安然地行走，心裏很是憂愁，因為你沒有暖衣。

南山向陽的一邊，雷聲不斷地響，為甚麼要離開家鄉，不敢休息一會呢。你到處奔走，回來吧，回來吧。南山的一側，雷聲不停地響，為甚麼要離開家裏，不敢休息一會兒，流離的人呀，回來吧，回來吧。我們渺小又卑賤，漂泊麼多可憐。叔叔啊伯伯啊，可否伸出援手，我們的呼聲你們竟充耳不聞？

南山的下邊，雷聲不停地響，為甚麼要離開家裏，不能安居呢？流離的人，回來了麼，回來了麼？

你是英勇的，國家的英傑，揹上了殳，為國家當先鋒。

自從你去東征，頭髮就像飛蓬，難道沒有潤髮的油膏，稍為修飾臉容？

説要下雨，要下雨了，太陽卻出來了，為了想念你，想到頭都痛了。

怎能得到一棵忘憂草，把它栽在屋子的背後，為了想念你，寧願想到心疼。

出征去了，不知道會走多久，甚麼時候才能回來？雞都回了巢，太陽下山了，羊牛也從山下來，出征的人，怎能不思念呢。

出征的人，不知道是哪一年哪一月回來，甚麼時候可以重聚？雞都落到橛上，太陽落山了，羊牛都回來了，出征的人，會不會飢渴？

——夏天哪。山後面揚起灰塵，他們已經快到了。

——我聽到車子的聲音，轟轟好像有上百輛。

——車子的銅鈴也聽見了。

——帶頭的那個人才神氣，又漂亮，一定是韓侯。

——不，他是開路的，他身穿羊毛皮，當然不是。

——他是誰呀？

——好像是姓兮名甲，叫吉甫，是衛國的士。

——韓侯不知道是甚麼樣子。

——他穿着狐狸的皮裘，是個大胖子。

——好像一隻老狼一樣走起路來。

——向前走，踩到下巴的垂肉，到達又踩到了尾巴。

——大肚皮。我只看見他的鞋子，土色的厚底鞋，鞋頭彎彎的。

——又有人在堂上唱祝賀的詩歌呢，祝賀我們生下許多麒麟一般傑出珍貴的子孫。

——有人在堂上唱歌祝賀，祝我們的子孫多得像一大群冬斯的羽毛響起來那麼多。

桃之夭夭，灼灼其華。之子於歸，宜其室家。

——春天都開了桃花，河邊一帶。

——布穀鳥在外啼，喜鵲築了個巢，又住過去了。

——多麼好聽的一首歌詩呀，別吵別吵，大家一起來聽：

關關雎鳩，在河之洲。窈窕淑女，君子好逑。

——我是想，要是嫁給這個兮甲就好了。

——真是胡說，兮甲配不上我們的家世。

——韓國土地寬廣，河裏都是魴鱮，山林裏都是鹿、野獸。

——嫁到韓國去，可以享福呢。

——嫁給窮小子，哪裏有這麼好看的衣服穿。

——哪有這麼香的粉。

——你看這些韓侯聘禮中的香膏，都是蠻人獻給他的。皇帝把蠻人賜給他，讓他管理。

——父親把我們嫁到韓國，你看看，大門外的車子，一直擺到山後面還數不完。

# 第四章

## 一、唱詩的城頭

東門之外長着各種樹，有榆，有櫟樹，她也會跳羽鷺舞，跳得還真不差。甚麼看不見呢，人們以為我是一堆爛泥和磚頭，是一個啞巴。其實我是會說話的，不過人們聽不懂，人們走在我的梯級上，我不是哎呦哎喲地叫麼，他們聽到的不外是嗟嗟的聲音而已。

那個在榛樹下擺攤子、賣栗子的中年人，你別以為他是小販，他隱蔽了真正的身份，他是朝廷的命官呢。不過，不用擔心，他可不是殺手，不會害人。他是采風的官，是個文人。你說，這個人皮膚曬得黑黝黝的，哪裏像個讀書人，活像個農夫。這你就看錯了，他就是因為整日在戶外，窮鄉僻壤到處走，冒風雨炎熱，所以才這麼黑黝黝的。再說，讀書人哪個不學射箭、駕車、騎馬，誰個皮膚不是曬得黑亮亮的。是的，我怎麼知道他是個采風的官呢？除了少數的朝廷上的官，只有我才知道他的真正身份。因為他在樹下那麼地擺小攤子，眼睛半閉，似乎在打瞌睡，可耳朵卻靈敏地捕捉各方的聲音，聽聽別人唱些甚麼歌，一面要把歌詞記住，另一面也要把曲調牢記。他常常要聽好幾遍，因為怕忘記，匆匆收拾起攤子，把布袋往背上一揹，就走到城牆的沒有人見的角落，躲在一隅，拿出筆和布來，立刻把歌詩記下來。別人看不見他，我當然看見，只見他寫得飛快，不過即使這麼快，字還是寫得挺帥挺漂亮。寫好了之後，自己還唱起來，你聽，這一首歌：

投我以木瓜，報之以瓊琚。
匪報也，永以為好也。
投我以木桃，報之以瓊瑤。
匪報也，永以為好也。
投我以木李，報之以瓊玖。
匪報也，永以為好也。

真是一首好歌，是不是？你看他高興得了不得，連連稱讚道：好歌，好歌。好詩，好詩。這樣的好歌，我其實自己聽過許多，而且能背，可惜，采風的人聽不懂我的話，不然的話，由我背給他抄錄，也省他許多操勞。采風的人並不常見，因為他逗留三五天就走了，又到別的地方去。常常到我身邊來，站在角落裏的人，還是青年人較多。尤其是那些戀人，我是他們最喜歡約會的地點。比如這個年輕的姑娘這一陣常常來，我已經很熟悉她了。她藏在城角上會她的戀人。戀人走來了，找不着她，搔着頭皮不知怎麼好。當然最後是找到了。她剛從田野裏回來，採回來一把葦針，就送給他。因為是她送的，葦針變得更加美麗了。

他們戀愛的情形，我可是瞭如指掌，因為他們幾乎沒有一次不是在我附近這一帶相會，或是宛丘上舞蹈。池邊那次跳舞，她不是灑他一把花椒子麼，他是個高大強壯的小伙子，她呢，也是個花椒子般高大的姑娘，就像花椒子般枝子又長又篤實。

兩個都是愛跳舞的人，他們牽着手在城牆的角落舞蹈，左手拿着鷺羽，右手牽着他的手，既會跳房中，又會跳鶩夏，二個人心花怒放。

采風人剛從鄭來，在那裏，他也采到了好歌詩。他最喜歡吟唱，你聽：

青青子衿，悠悠我心。縱我不往，子寧不嗣音？
青青子佩，悠悠我思。縱我不往，子寧不來？
挑兮達兮，在城闕兮。一日不見，如三月兮。

戀人們快樂的時間似乎不多，接着而來的總是哀愁，只要一日不見，就懷念得不得了。我且唸一首歌詩給你聽：

彼采葛兮，一日不見，如三月兮。
彼采蕭兮，一日不見，如三秋兮。
彼采艾兮，一日不見，如三歲兮。

連我的泥土的實篤篤的心也感動了。

事實上，戀人們見不到意中人是很痛苦的，不知道究竟發生了甚麼事，生病了麼？家裏的干涉麼？還是，最可怕的，不再相愛了麼？就有人在我的牆下，整整等了一夜，那棵白楊樹下。唉，東門的白楊樹，葉子又肥又大，本來說好是黃昏見面的，怎麼等到啟明星出來還不見你來？

這二個年輕人那麼快樂，但願他們可以維持這樣的景況就好了。

## 二、蘆葦

——天下第一美女要出嫁了。

——是不是齊姜呀。

——當然，難道會是妲己麼。

——妲己不算美人。

——為甚麼不是美人？

——她的德行不好。德行好才可以匹配君子。

——君子自己呢？

——有權威，有地位。

——我們蘆葦就沒有淑女？

——水性楊花。

——唉，我們和淮河一樣名聲不好。

——你怎麼知道齊姜要出嫁？

——難道沒聽見隆隆的車聲，那麼多的車。

——會不會是地震？

——會不會是打仗？周朝的天子又要來打淮夷？

——不，錯不了，這次是迎親。

——這個齊姜呀，親事定了很久。

——可有十多年了吧。

——新郎是衛國的公子和的大兒子。奇怪，親事定了這麼久才娶，新郎都有三十多歲。

——有甚麼辦法，他十七歲就定親了，正想迎娶，卻碰上天下大亂，厲王姬胡逃到汾北去了。

——後來，天下一直亂糟糟，父親死了又得守孝，還有，迎親不易。

——為甚麼呢？

——衛國要到齊國迎親，經過魯國，可魯國被淮夷佔據了，不能通行。

——婚事竟拖了這麼久呀。

——可不是，總算決定迎娶了，而且聽説，宣王正要對付淮夷，一方面是迎親，一方面也到齊國去備戰。

——淮河北面可又得打仗了。

——唉，齊姜老了，還是美女麼？

——她呀，天生麗質，愈來愈漂亮呢。

——都說她是天下第一美女，不知是怎麼個樣子？

——高高的個子，穿着錦繡所製的翟衣，齊侯的女兒。

——手柔嫩得就像茅芽。

——那的確是嫩得很。

——皮膚白得像凝固的脂油。

——細長的脖頸像蝤蠐。

——牙齒潔白整齊像瓠瓜子。

——寬廣的頭顱像螓首。

——細長而彎曲的眉毛像蛾的鬍鬚。

——笑起來就顯出酒渦。

——漂亮的眼睛黑白分明。

——的確是個美女。可是，你又沒見過，怎麼知道？

——這是我們的房客蚊子傳來的訊息，牠們也想咬她一口。

——齊姜的車沿路來，蚊子們沿途傳來她的消息，我們的通訊網，別忘了，也是普天之下，莫非王土。

——只有詩人讚美我們，肯定是好詩人。

——哪一位詩人？

——忘了。

——宣王的王后也是齊國的美女。

——讓我們合唱蘆葦之歌：

蒹葭蒼蒼，白露為霜。所謂伊人，在水一方。
溯洄從之，道阻且長。溯游從之，宛在水中央。

## 三、淮河

我是一條很好的河，但人們常常因為誤解的緣故，對我的印象不佳。比如說，我有時泛濫，造成兩岸的水患，影響人民的生活，可這並非我的過錯呢。我本來是一條很好的河，發源於桐柏山，向東流注入東海；不幸的是，我夾在兩條大河的中間，北面的一條大河是黃河，南面，則是長江，這兩條河常常會改道，那麼長的兩條河，四、五千公里長，從上游流下來，帶着多少泥沙呵，兩條河改道的時候，支流都注到我的身上來，這麼一來，我的河床就給泥沙淤塞，上游一下大雨，河水泛濫，淹沒田野。這可完全不是我的錯。其實，即使是黃河吧，我們當河道的，又有甚麼過錯，改道又不是自願的，那是逼不得已，誰叫上天忽然要下大雨呢，誰叫地段要高低不平呢，誰叫兩岸有那麼多的泥沙呢，誰叫人們不種許多許多許多許多的樹呢，光來責備我們當河的，也太不公平了。河水泛濫，我也沒有辦法，我控制不了大地的地形，和上天的雨水，要是能夠的話，我可不當皇帝了。你看，能夠治水，就能當皇帝，比如大禹不就是？

沒有河不行，有了河又煩，管理一個國家的人和管理一條河，真是同樣艱難。比較起來，我還要倒霉些，一提起黃河、長江，除了水患，人們加以呵責，可以理解，我的名聲不好，卻是和我無關，一條河要解釋自己無辜，也是夠荒唐的。先說第一件：大夥兒都說，長在淮河以南的是好的甜的橘樹，可這樹長到淮河北岸去，結成的果實會變成苦澀的枳子。這情形和我有甚麼相干，我的河水是一樣的，既灌溉南岸的田也灌溉北岸的田，大公無私，橘子變了枳子是和土壤、天氣、品種、溫度、風向等等的有關。但人們總是說：那個淮河甚麼甚麼。橘子事小，民生事大。

如今這個時代，是周天子的時代，好的百姓都住在黃河流域的中間。那些鎬京、洛陽等等大都會，又都是天子的兄弟叔伯、親屬、功臣，可我這條淮河邊上，住的可就是沒那麼重要的遠而又遠的親戚了。在我北方遠些的魯國、齊國，還是赫顯的諸侯國，愈南就愈不得勢，比如陳、宋，常有糾紛，早些的蔡國，還和殷遺民一起攻打周王朝。這麼一來，周天子更加對我這條河討厭。不，不是討厭，而是又愛又恨，愛的是我這河岸物產豐富，如果月月稅賦，國家有一大筆收入；恨的是，住在淮河的小國都不聽天子的話，不想朝貢，不但不想朝貢，還想自立為王呢。當年紂王無道，文王武王出師討伐，是正義之師。那麼厲王無道，諸侯不再朝貢，有甚麼不對？諸侯不聽話，當年周的天子當然不能容納，他們的百姓是華夏民族，我淮河邊的人民則是野蠻的夷人，左一個平定東夷，右一個要平定淮夷、徐夷，唉，難怪這些年來，我淮河也不能安居樂業呢，常常聽到戰車隆隆的聲音。這幾日，又車聲隆隆了，莫不是又要打仗了？怎麼，不是打仗，而是辦喜事？戰事和喜事，是一樣的麼？

原來是衛國的莊公要娶妻子，齊國的。這件事，我本來也不知道，但這群吵鬧的蘆葦怎麼會讓我安靜呀，它們是天下第一的傳聲筒，隨風聲左傾右倒，為的是竊聽，然後整天絮絮不休，就在那裏講天下的閒話。

第一章　龍　（由我講故事：一派人）

所有的龍都願意和楊叔安做朋友。他對它們最好。多年研究、欣賞、相處，他最了解它們的脾性。知道龍喜歡吃燒燕肉，常常把燕肉烤得香噴噴的，給它們做晚餐；知道它們怕黑，家裡總是點著蠟燭，只請燭龍睜開一條眼睛的小縫隙；知道龍喜歡玉，就把玉掛在龍的頸項上。於是，楊叔安父子的名字在龍的國度和人的國度都傳開了。龍們很高興，都到楊叔安家來

〈《詩經》（未定名）〉手稿（部分）

# 後記

何福仁

這書按西西的小說創作順序編排，不過是以較近的作品先行，由近而遠，再逐步回溯，走回她原初最早的小說寫作。

〈異人異行〉大抵寫於二〇一八年，相若於修改〈八月浮槎〉時期，應是西西翻讀古典筆記小說而滋生的靈感，是一種超越時空的對話，其中的記憶倒是真實的。當初她把〈八月浮槎〉修訂本交我轉發，我曾問起這小說，因早已打好字，也改好，她找了一陣，擱下了。原來夾雜在文件套裏。附錄三篇俱未完成，只有手稿：〈三無先生〉、〈花滿樓〉、〈《詩經》（未定名）〉，前兩篇也是收藏甚密，到她離世後，「西西空間」的年輕朋友整理故居時才發現。〈花滿樓〉令我們想到她營造的肥土鎮的故事，〈三無先生〉則顯然屬於〈桃花塢〉（收入《石頭與桃花》）的支線，不知為甚麼沒寫進去。〈《詩經》〉一篇，大約寫於一九九〇年代，那是她計劃中的一個長篇，主人翁是周宣王時期的尹吉甫。當年她讀李辰冬的《詩經研究》，其人以為整本《詩經》，都是尹吉甫一個人寫的，當然難以置信，可西西覺得有趣，借這人物來寫小說，則未嘗不可，而且可以天馬行空，蘆葦會説話，淮河會説話，城牆聽了行人採詩，也會説話。可惜她只寫了約二萬字，再沒有寫下去，也許主意未定吧。偶爾和她談起來，我提到《詩經．六月》有「文武吉甫，萬邦為憲」之句，尹吉甫怎會這樣自吹自擂？於是想到，《詩經》有不少後人修飾、竄入的句子：〈國風〉那種反覆迴增的技巧，就很難認定出自一般庶民。要説主意未定，應是「怎麼寫」的形式問題。這方面她是想了又想。〈《詩經》〉這小説，她一直不忘，因為文稿就放在抽屜。她的手稿，每篇有名，但沒有全名，而篇與篇之間，除了起首一、二章，也並沒有連繫的次序。我把它們如此這般編排，方便閱讀而已，她的用意，可能是一二章之後開展，讀者可以隨意從任何一篇讀起，但也不能確定，這畢竟是相當原始的初稿，她會改了又改，即使發去打字，以至在報刊上連載，到出書校對時她仍然會斟酌。例如本書〈角色〉一篇，手稿是〈作者的角色〉，其後刪去「作者的」，小說曾在《印刻》刊登。再如早期的小說〈瑪利亞〉（一九六五年）、〈名字阿扎利亞〉（原名〈名字南非〉，一九八六年），出書時也經仔細改過。其他跟本書同時出版的《浮城閱讀》上下卷，主要取自每天的專欄，錯別字、誤排不少，急就的文句成書時也得改。看來還是以書本作準。所以，有朋友把她在報刊上趕寫的連載，釘裝成書冊，分別送人，剪貼保存誠然有心，——之前就曾借助故友張景熊，以及陳進權等人的剪存，但嫌考慮不周，西西也不盡愜意，這固然有版權問題；演唱的綵排，未必每位歌手都願意公開。

這樣由較近的讀回去，發覺她一九五〇年代，除了詩作、散文之外，還寫了好些小說，最早的一篇〈春聲〉（一九五五年），她參加《學友》雜誌的學生徵文比賽，得高中組第一名；參賽時她還在中學讀書，小說附了她的照片，編者還寫了幾句介紹。那個年代的小說，充滿少女情懷，不免生澀、不夠圓熟，天鵝是從小鴨蛻變的，而這小鴨並不醜。到了〈和孩子們一起歌唱〉（一九五八年），同樣得《青年樂園》徵文比賽第一名，其時她已在葛量洪師範學院就讀，並出外實習。這小說活用了她在天台教書的經驗，——學校不足，內地移居者甚眾，當時天台臨時學校過百；那是香港生活艱苦的時期。小說寫實，留下歷史的印記，已寫得相當完整、成熟。這小說後來融入了另一泰半屬自傳的長篇《織巢》裏。《織巢》是《候鳥》的姐妹篇，連載時其實並不分卷。

另一篇〈醫者與病者〉（一九五九年），很奇妙，自述因粗率好玩，在樓梯上三級跳下摔倒，致右手骨碎，斷了，再不能握筆寫字繪畫。當然頹喪、失望，可沒有自暴自棄，她開始用左手，「慢慢地寫，從簡單到複雜，從少到多」，直至「我能夠寫字了」。這，不啻於四十年後她因癌病致右手失靈的預言？對同病的人，尤其是年輕人，重新抖擻振作，沒有被打倒，其人其文，是很好的啟示。然則她是病者，其實也是醫者。一個成就非凡的作家，就是這樣耐心地、慢慢地寫，從簡單到複雜，從少到多。

編輯西西未出版的作品，至此大抵編成。容有個別的遺珠，可在再版時補入；有些更早期的，則是我以為不必編選。三年之間，幾乎一口氣，共出版：

| | | |
|---|---|---|
| 一、《西西看電影》（上）（趙曉彤編） | 影評影論 | 二〇二二年七月 |
| 二、《左手之思》 | 詩集 | 二〇二三年七月 |
| 三、《港島吾愛》 | 散文集 | 二〇二三年七月 |
| 四、《西西看電影》（中）（趙曉彤編） | 影評影論 | 二〇二三年七月 |
| 五、《西西看電影》（下）（趙曉彤編） | 影評影論 | 二〇二四年四月 |
| 六、《玩具和房子》 | 散文集 | 二〇二四年七月 |
| 七、《畫自己的畫》 | 藝談 | 二〇二四年七月 |
| 八、《可惜，葆拉》 | 藝談 | 二〇二四年七月 |
| 九、《說不盡的話題——西西、何福仁續談》 | 對話集 | 二〇二四年十一月 |
| 十、《八月浮槎——西西選讀》 | 選集 | 二〇二五年二月 |
| 十一、《浮城閱讀．上卷》 | 閱讀 | 二〇二五年七月 |
| 十二、《浮城閱讀．下卷》 | 閱讀 | 二〇二五年七月 |
| 十三、《異人異行》 | 小說 | 二〇二五年七月 |

其中三大冊《西西看電影》為趙曉彤編輯，其他則由我承乏。二〇二二年十二月西西離世前，還可以看到《欽天監》（二〇二〇年），在校稿時加以修訂，看到短篇小說集《石頭與桃花》（二〇二二年），又看到雙語的繪本《動物嘉年華》（二〇二二年）的繪畫，還親自選擇封面；其他呢，都不及見了。倘問她：這些，喜歡嗎。她大抵會客氣地回答：很好，謝謝。然後笑說：不是很好麼，讓你退休後不致無所事事。是的，我其實應該感謝她。當然也必須感謝，新舊合作，能夠廣納包容的出版社。中華書局副總編輯黎耀強先生全力支持，責任編輯張佩兒小姐一直盡心打點，尤應感銘。

二〇二五年五月

# 異人異行

西西 著　何福仁 編

責任編輯　張佩兒
裝幀設計　簡雋盈　陳佩珍
排　　版　楊舜君
印　　務　劉漢舉

出版　中華書局（香港）有限公司
香港北角英皇道四九九號北角工業大廈一樓 B
電話：（852）2137 2338
傳真：（852）2713 8202
電子郵件：info@chunghwabook.com.hk
網址：http://www.chunghwabook.com.hk

發行　香港聯合書刊物流有限公司
香港新界荃灣德士古道二二〇—二四八號
荃灣工業中心十六樓
電話：（852）2150 2100
傳真：（852）2407 3062
電子郵件：info@suplogistics.com.hk

版次　二〇二五年七月初版

規格　三十二開（190 mm × 130 mm）

ISBN　978-988-8913-80-0